이 책에 사용된 그림은 에두아르 뷔야르의 작품입니다.

달그락
달그락

하루를 요모조모
마음껏 요리하는 법

월간
정여울

천년의상상

차례

하루를
요모조모
마음껏
요리하는
법

들어가는 말

달그락달그락, 아주 사소한 것들이
온 힘을 다해 굴러가는 소리

시간이 지날수록 사소한 일상 속
의 고즈넉한 반짝임이 소중해진다. 이를테면 이른 아침에
눈이 제대로 떠지지 않을 때 더듬더듬 전기 주전자의 스위
치를 켜고 커피를 끓이는 순간. 고소하면서도 향긋한 커피
향이 싱그러운 매캐함으로 코끝을 간질이는 순간의 설렘이
좋아진다. 일어나긴 정말 싫지만 커피 향의 유혹이 너무 강
렬해 이미 잠이 반쯤 달아나 있음을 깨달을 때, 나도 모르게
터져 나오는 작은 미소 같은 것들이 좀 더 애틋해진다. 따스
한 오후의 햇살을 등짝에 짊어진 고양이의 나른한 하품 소
리, 울까 말까 고민하다가 어쩐지 자기편을 들어줄 것 같은

어른을 만났을 때 비로소 '으아앙' 울음을 터뜨리는 꼬마의 발그레한 뺨, 점심시간에 화끈하게 놀기 위해 2교시만 끝나면 엄마가 싸준 도시락을 까먹고 아무 일 없었던 것처럼 천연덕스럽게 수학 수업을 듣다가 때 이른 식곤증으로 꾸벅꾸벅 졸던 학창 시절의 철딱서니 없던 순간순간들.

이런 소소한 일상의 추억과 몸짓과 울림이 모여 지금의 나라는 사람을 만들어냈음을, 이제야 비로소 어렴풋이 알 것 같다. 『달그락달그락』에는 그런 사소한 일상의 소중한 반짝임을 담았다. 우리가 귀를 활짝 열고 듣지 않으면 워낙 작아 잘 들리지 않을 것 같은 나직한 속닥거림, 눈을 크게 뜨고 오래오래 관찰해야만 보일 것 같은 일상의 소박한 경이로움을 담고자 했다. '달그락달그락'은 슬픔 없는 세계가 아니라 슬픔을 안고도 덩실덩실, 비틀비틀, 곰실곰실, 삶의 능선을 굽이굽이 넘을 수 있는 사람의 눈부신 여유를 담은 의성어다.

『달그락달그락』과 함께해줄 화가로는 에두아르 뷔야르를 초대했다. 처음에는 그의 그림이 확 눈에 띄지 않았다. 유럽 여행을 하면서 방문한 수많은 미술관에서 몇 번 보았지만, '옳다구나, 이거구나' 한 적은 없었다. 그런데 아주 많이 힘들 때, 소소한 일상의 평화로움이 너무도 간절하게 그리워질 때, 그의 화려하지 않으면서도 우아하고 기품 있는 일상의 풍경화들이 문득문득 뇌리를 스쳤다. 그의 그림을 생각하면 신기하게도 마음이 편안해졌다. 오랜 시간이 지나고서야 그의 진가를 알게 되었다. 그 수많은 화가들의 화려하고도 개성 넘치는 빛의 향연 속에서 그의 그림은 너무 조용하고도 담담했던 것이다. 그런데 얼마 전부터 그 유명한 작품들 사이에 마치 '숨은그림찾기' 속 꼬마 국자나 몽당연필처럼 수줍게 옹송그리고 있는 에두아르 뷔야르의 그림이 처음으로 내게 말을 걸기 시작했다.

그의 그림들은 내게 이렇게 속삭이는 것 같았다. 여기에도 소중한 사람이 있어요. 여기에도 꿈틀거리는 삶이 있어요. 여기에도 단 한 번뿐인 존재의 반짝임이 있어요. 폭신한 소파에 앉아 책을 읽고, 정성스레 바느질을 하거나 침대 시트를 갈고, 잠투정하는 볼 빨간 아기를 토닥이고, 갓 구운 빵에 따뜻한 차를 곁들여 먹는 평범한 일상 속에서 그 무엇보다 찬란하게 빛나는 존재의 빛을 길어 올리는 화가의 따스한 시선을 느꼈다. 뷔야르의 그림을 보고 있으면 너무 커다란 이상을 꿈꾸느라 내가 놓친 사소하고 평범한 일상의 반짝임이 다정하게 말을 걸어준다. 아직 일어나지 않은, 너무 커다란 기적을 바라고 있나요. 그렇다면 이미 당신에게 매일 일어나고 있는, 작지만 위대한 기적들을 바라보세요. 아직은 온 힘을 다해 자신의 빛을 뿜어내는 태양이 떠오른다는 것, 우리가 무사히 오늘 아침에도 눈을 떴다는 것, 그리워하고 애틋해하는 것만으로도 소중한 사람들이 우리 곁에 있다는 것, 당신이 조금만 아파도 엄청나게 큰일이라도 난 듯 호들갑을 떨며 걱정해주는 따스한 사람들이 당신 곁에 있다는 것. 이 모든 것들이 일으키는 사소하지만 확실한 일상 속의 기적들이 우리를 오늘도 버티고, 견디고, 사랑할 수 있게 해주니까요.

달그락달그락, 아주 사소하지만 너무나 소중한 것들이 굴러가는 소리를 듣는 시간, 이 책이 당신의 슬픔을 향해 성큼 다가갈 수 있는 시간이 되기를 꿈꿉니다.

2018년 5월,
또각또각, 뚜벅뚜벅,
온갖 발걸음 소리들이 마음의 문을 두드리는
이른 아침 출근길 지하철역에서

명함의
언어에
구속되지
않는 삶

　나는 아직도 명함을 내미는 일을 쑥스러워한다. 내 안에
영원히 사회화되지 않는 또 하나의 내가 있다. 그 수줍고 예
민하고 까다로운 또 하나의 나는 좀 더 사회화되기 위해 필
사적으로 노력하는 평소의 나에게 이렇게 속삭인다. 명함,
이런 것으로 어떻게 나를 증명할 수 있겠어. 좀 더 친해지고
싶은 사람에게는 이렇게 묻고 싶어지기도 한다. 명함을 주
고받지 않아도 우리 그냥 서로를 말없이 이해해주면 안 될
까요. 명함 없이도 우린 이미 뭔가 통하지 않았나요. '교감'과
'소통'은 결코 명함으로 전달될 수 없는 마음과 마음의 울림
이 아닐까. 나는 작가나 문학 평론가라는 타이틀 없이도 있
는 그대로의 나를 받아들이고 존중하는 인간관계를 꿈꾼다.
명함의 단어들은 진정한 소통의 언어라기보다는 '증명'이나
'과시'의 성격이 짙기 때문이다.

그런데 명함을 내놓으며 자기를 증명하고 싶지 않은 이유
가 또 하나 있다. '작가라는 직업 안에 과연 나의 그 수많은
관심사와 다양한 정체성을 다 녹일 수 있을까' 하는 물음 때
문이다. 글을 쓰며 살아가는 삶은 더없이 소중하지만, 글을
쓰지 않고 있을 때도 '나'인 것은 변하지 않는다. 나는 대학에
서 학생들을 가르치기도 하고 남녀노소가 골고루 섞여 있는
다양한 장소에서 강연을 하기도 하지만, 가르칠 때만큼이나
무언가를 배울 때 커다란 행복을 느낀다. 첼로를 연주하거
나 그림을 그릴 때, 다시 어린이로 돌아가서 모든 것을 처음
시작하는 듯한 희열을 느낀다. 꽉 짜인 스케줄 속에 살다 보
면 무언가를 배울 수 있는 시간이 워낙 짧기에 그 찰나의 행
복은 더욱 소중하다. 행복의 밀도로 따진다면, 골머리를 앓
아가며 글을 쓸 때보다는 순수한 독자일 때 훨씬 행복하다.
글쓰기를 사랑하지만, 창작의 기쁨은 반드시 글쓰기라는 힘
겨운 노동을 통해서만 얻어지기 때문이다. 우리는 직업이라
는 하나의 배타적인 영역에서 기쁨을 얻는 것이 아니라, 살
며 사랑하며 배우고 일하는 온갖 일상의 복닥거림 속에서
다채로운 기쁨을 느끼며, 보다 전인적이고 총체적인 행복을
추구할 권리가 있다.

얼마 전 짐 자무시 감독의 영화 「패터슨」을 보면서 '내가 꿈꾸는 행복'의 소박한 정답처럼 다가오는 아름다운 인생을 발견했다. 패터슨은 버스 운전기사이면서도 틈틈이 글을 쓴다. 그것도 타자기나 컴퓨터도 없이, 운전을 잠깐 쉴 때나 비번일 때 노트 위에 펜으로 글을 쓴다. 그가 훌륭한 작가라는 것을 알아주는 사람은 아직 아내뿐이지만, 그는 누군가에게 인정받기 위해서가 아니라 그저 진정한 자기 자신이 되기 위해 글을 쓰는 것 같다. 그는 힘겨운 노동 속에서도 자기만의 내면을 더욱 풍요롭게 가꾸고, 어떤 상황에서도 주눅 들지 않고, 누구나 짜증을 낼 만한 상황에서도 여유 있게 미소를 지으며 대처한다. 남들에게는 잠시 에너지를 충전하고 자잘한 스트레스를 푸는 짧은 휴식 시간이 그에게는 일상 속에서 보석 같은 순간을 포착하여 시의 언어로 표현하는 눈부신 창작의 시간으로 탈바꿈한다. 그는 버스 기사라는 직업에 한정되는 존재가 아니라 숲속의 현자처럼 지혜로운 사람, 은밀하고 위대하게 우리의 일상을 밝히는 사람, 그 어떤 사회적 울타리 속에도 가둘 수 없는, 그물에 걸리지 않는 바람 같은 존재다.

「패터슨」을 보며, 마르크스와 엥겔스의 『독일 이데올로

기』중 한 대목이 떠올랐다. 아무도 단 하나의 배타적인 활동 영역을 갖지 않는 사회. 모든 사람이 자신이 진정으로 원하는 분야에서 자신을 새롭게 갈고닦을 수 있는 사회. 아침에는 사냥을 하고, 오후에는 낚시를 하고, 저녁에는 소를 치고, 저녁 식사 후에는 비평을 하면서도, 사냥꾼도 어부도 목동도 비평가도 아닌 '그 무엇도 아닌' 존재로서 행복할 수 있는 사회. 먼 훗날의 유토피아가 아닌 바로 지금 여기에서 그런 삶을 실천할 수 있는 용기가 필요한 요즘이다. 나는 틈만 나면 글을 쓰고, 틈이 없을 때도 글을 쓰고, 지금도 졸린 눈을 비비며 글을 쓰고 있지만, '작가가 아닌 순간'에도 또 다른 나의 잠재력을 키우며 삶을 더욱 뜨겁고 눈부시게 사랑하고 싶다. 삶이 여유롭지 않아도 그 제한된 환경 속에서나마 나만의 여유, 나만의 여백, 나만의 피난처를 찾아 '어떤 직함으로도 규정할 수 없는 또 하나의 나'를 만들어가고 싶다. 우리 모두의 가슴속에는 저마다의 베토벤과 모차르트, 저마다의 라파엘로와 미켈란젤로가 분명 살아 숨 쉬고 있으니.

자본주의의
정글 속
검투사로서의
작가

초라하지 않고 슬프지 않게, 게다가 무겁지도 않게 돈 얘기를 할 수 있을까. 나에게는 그것이 오랫동안 불가능한 일로 보였다. 돈 이야기를 가끔 할 때도 있지만, 내 마음속에서 돈 이야기가 중요한 만큼, 돈과 얽힌 수많은 우여곡절이 내 삶을 쥐락펴락하는 그만큼, 완전히 솔직하게 돈에 대한 글이나 말을 펼쳐놓을 수가 없었다. 돈 이야기를 잘못 어설프게 꺼냈다가는 혹시나 속물적으로 보일까 봐. 혹은 돈에 대해서 내 나이에 비해 철딱서니 없는 사람으로 비칠까 봐. 이유는 여러 가지였지만 역시 가장 중요한 이유는 돈에 대해서 솔직하기가 어려웠기 때문이다. 우리 사회는 아직 돈에 대해 완전히 정직하지 못하다. 돈과 관련한 수많은 담론은 넘쳐나지만, 정작 돈의 문제가 우리 삶을 얼마나 좌지우지하는지를 깊이 있게 펼쳐낸 책은 찾기가 어렵다.

  개개인은 더욱 돈이 주는 속박과 부담에서 자유롭지 못
하다. 게다가 '작가와 돈의 관계'에 대해서라면 더더욱 민감
해질 수밖에 없다. 음악이든 미술이든 문학이든, '예술과 돈'
의 관계는 항상 예민한 주제였다. 차라리 후원자와 예술가
사이의 파트너십이 돈독했던 시대에는 '예술가를 아낌없이
지원하는 귀족들'의 존재로 인해 예술이 어느 정도 보호를
받을 수 있었다. 하지만 이제 예술가 스스로가 자신을 보호
해야 하는 자본주의사회에서, 예술가는 돈에 관한 한 맹렬
한 검투사가 되어야 한다. 돈에 대해 겉으로는 '예술가답게'
우아한 관점을 유지하면서, 동시에 돈을 열심히 벌어야만
살아남을 수 있는 현실과 처절하게 맞서 싸워야 하기 때문
이다.

  그러나 돈에 대해 이야기하지 않는 것이 '예술가다운 것'
이라는 생각은 철저한 위선이다. 어떤 예술가도 돈으로부
터 완전히 자유로울 수 없다. 가난한 예술가는 생계와 명예
때문에, 이미 성공한 예술가는 자신의 성취와 유명세를 지
켜내기 위해, 저마다 돈이라는 현실적 문제와 매일 대면해
야 한다. 이런 고민을 하고 있는 요즘 『밥벌이로써의 글쓰
기』라는 책을 만났다. 책 제목이 너무 노골적이라 망설여지

기는 했다. 이런 책도 결국 '밥벌이의 지겨움'과 '작가로서의
자존감' 사이의 힘겨운 줄다리기를 구구절절 늘어놓는 서글
픈 신세타령에 그치지는 않을지, 걱정스러운 마음이 앞섰
다. 하지만 다행히도 이 책은 그런 걱정을 훌쩍 뛰어넘는 진
중한 매력이 있다. '밥벌이로서의 글쓰기'가 아니라 '밥벌이
로써의 글쓰기'라는 제목으로 의역하여 붙인 것도 많은 생
각을 하게 했다. 밥벌이의 '역할'로서 글쓰기가 아니라 밥벌
이의 '수단'으로서 글쓰기가 무엇일까를 고민하게 만들었던
것이다. 역할보다 수단이 훨씬 노골적이니 말이다.

2007년 10월이었다. 『뉴욕 타임스 북 리뷰』에서 인정받은
소설가조차 어떤 시기에는 품위와는 거리가 먼 곳에 있을 수
있다. 2개월이 지났고, 나는 JFK 공항의 델타 항공사 수화물을
찾는 곳에서 더러운 리놀륨 바닥에 가부좌 자세로 앉아 기내
용 가방을 베개처럼 껴안은 채, 휴대전화에 대고 아무도 모르
게 흐느끼고 있었다. 나는 돈 때문에 울고 있었다. 현금인출기
에 따르면 내 통장 잔고는 마이너스였다. (…) 결국 남자 친구의
친구에게 돈을 빌렸다. 일반 버스, 셔틀버스, 지하철, 그 외 50대
50의 확률로 브루클린으로 돌아갈 수 있는 온갖 방법을 알면

서도 노란색 택시를 향해 수치스러운 발걸음을 옮겼다. 나중에
출판사 담당자가 내 사정을 알고는 충격받은 목소리로 말했다.
"왜 우리에게 전화하지 않았어요?"

— 록산 게이 외 지음, 만줄라 마틴 엮음, 정미화 옮김,
  『밥벌이로써의 글쓰기』, 북라이프, 2018, 28~29쪽.

'작가로 먹고살고 싶은 이들을 위한 33가지 조언'이라는
부제에 걸맞게 이 책에는 수많은 유명 작가의 현실적인 조
언이 담겨 있다. 베스트셀러로 유명한 작가들조차 알고 보
면 엄청난 경제적 어려움을 거의 빠짐없이 겪었다는 사실,
또 그들 중 대부분이 전업 작가가 아니라 광고 카피라이터,
강사나 교수, 책이나 잡지의 편집자, 또는 목수 같은 글쓰기
와 전혀 상관없는 일을 겸업하고 있다는 사실이 커다란 위
안을 준다. '전업 작가'만이 글쓰기의 유일한 해답은 아니라
는 것을 그들은 온갖 파란만장한 라이프 스토리로 절실하
게 들려준다. 미용실에 갈 돈이 없어 직접 머리카락을 잘라
야 했던 작가의 이야기, 베스트셀러 작가가 되었음에도 불
구하고 아직 인세가 지급되지 않아 집세를 내지 못하고 카

드 빚에 허덕여야 했던 작가의 이야기, 대필 작가 또는 유령
작가라는 자존감을 위협하는 일까지 해야 했던 작가의 이
야기...... 이 모든 현장감 넘치는 실화들은 바로 지금 이 자
본주의 세계에서 '글을 써서 먹고산다는 것'이 얼마나 어렵
고 힘든 일인지를 온몸으로 증언해준다. 하지만 그들이 입
을 모아 말하는 뜨거운 진실은 하나다. 어떤 급박한 상황에
서도 '나는 좋은 글을 쓰고 싶고, 쓸 수 있으며, 반드시 쓸 것
이다'라는 믿음을 포기하지 않았다는 것이다. 그것은 단순
한 자신감이나 '하면 된다'는 억지스러운 집념이 아니라, 내
가 가장 원하는 것과 내가 지금 하는 일 사이의 간극을 좁히
기 위한 끊임없는 노력의 산물이었다.

  또한 이 책은 단지 제목처럼 '밥벌이로써의 글쓰기'만을
말하는 것이 아니라, 수많은 차별과 불평등이 존재하는 자
본주의사회에서 여성 작가로 살아남는다는 것, 동성애자나
유색인종 작가로서 '백인 남성' 중심의 문단에서 소외당하
며 살아간다는 것에 대한 진지한 성찰을 담고 있다. 미국 문
단이 겪고 있는 수많은 차별과 불평등 문제는 우리 사회에
도 해당될 것이다. "돈에 개의치 않고 글을 쓰는 작가는 그
자체로 허구다"라는 문장에서도 알 수 있듯, 작가들은 돈이

라는 현실적인 문제를 어떻게든 해결하지 않고서는 '예술작품으로서의 문학'으로 가는 길 또한 험난할 수밖에 없음을 인정한다. 꿈 vs 생계, 창작 vs 출판, 예술성 vs 상업성, 그리고 '지금 해야 하는 일'과 '앞으로 하고 싶은 일' 사이의 간극…… 이 모든 것이 결국 글쓰기를 꿈꾸는 사람들이 끊임없이 마주해야 할 자기 안의 전투다.

　　엄마의 죽음이 가까워오면서, 어떤 경우에나 일을 1순위로 놓고 그다음에 사랑하는 사람들과 꿈을 생각하는 내 우선순위가 완전히 잘못되었다는 느낌이 들었다. 어린 시절 한때 알았던 아름답고 거칠고 마음을 아프게 하는 현실에 다시 눈을 떴다. 내일은 결코 오지 않기 때문에 잡아야 하는 순간들이었다. 돈을 중심으로 돌아가는 사회에서 월급을 평생 받을 수 있다는 약속조차 나를 다시 잠들게 하지는 못했다. 오랫동안 나는 사람들이 말하는 '피플 플리저'처럼 나보다 다른 모든 사람들의 욕구와 감정을 먼저 생각하고 행동해왔다. 그런데 어느 날 갑자기 허풍 냄새가 나는 행동이나 사람들을 참을 수 없어졌다.

　― 록산 게이 외 지음, 앞의 책, 40쪽.

경제적 어려움이 닥칠 때마다, 작가는 글쓰기가 자신의
곤경을 곧바로 해결해주는 만병통치약은 아니라는 것을 뼈
아프게 깨닫는다. 하지만 그럼에도 불구하고, 작가를 결국
마음의 감옥에서 구원해주는 것도 글쓰기의 힘이다. 나는
책을 낼 때마다 '이 책이 부디 다음 책을 출간할 수 있는 용
기를 주기를' 기원하곤 한다. 대단한 성공은 아니더라도, '내
가 포기하지 않고 계속 글을 쓸 수 있는 힘'을 주는 책이 되
기를 빈다. 그렇게 한 걸음씩 걸어 지금까지 버텨왔지만, 가
끔은 '글쓰기가 아닌 다른 것에 도전했다면 어땠을까' 하는
공상에 빠져보기도 한다. 여전히 '밥벌이로써 글쓰기'는 어
렵고 힘들고 외롭기 때문이다. 하지만 나는 '글을 전혀 쓰지
않는다면 내 인생이 어떻게 되었을까'를 생각해보고, 곧바
로 정신을 차리곤 한다. 글을 쓰며 생계를 유지하는 일이 아
무리 어렵더라도, '글을 쓰지 않고 멀쩡히 살아가는 일'은 나
에게 훨씬 고통스러운 일이기 때문이다. 글을 쓸 수 있을 때,
나는 아무리 힘들어도 비로소 진정으로 살아 있음을 느꼈던
것이다.

밥벌이로써 글쓰기는 물론 어렵다. 하지만 글을 쓰지 않
고 '나 자신으로 살아가기'는 더욱 힘들다. 나는 이 책을 읽으

며, 내가 이 힘겨운 글쓰기의 과정을 진심으로 사랑하고 있
다는 것을 다시 아프게 깨달았다. 다른 사람들의 욕구와 감
정을 먼저 생각하는 '피플 플리저people pleaser' 같은 작가가
되기는 싫다. 누가 뭐래도 내가 마음 깊이 원하는 글쓰기, 내
가 먼저 나를 행복하게 해줄 수 있는 글쓰기로 이 무시무시
한 정글의 법칙 속에서도 꿋꿋하게 살아남고 싶다. 나는 우
아한 예술가가 되기는 글렀다. 하지만 그래서 더욱 기쁘다.
우아함이 아니라 강인함이, 세련됨이 아니라 우직함이 나의
재능임을 이제야 깨달았기에. 나는 때로는 강인한 검투사가
되어, 때로는 우직한 농부가 되어, 이 험난한 글쓰기의 정글
속에서 살아남을 것이다.

기회를
놓치지 않는
준비된
자세

'기회'라는 단어에는 어쩐지 미묘한 공격성이 묻어 있다. 일확천금이나 출세를 노리는 사람들이 많아지면서 기회라는 단어에는 엄청난 경쟁이나 권모술수 같은 어두운 뉘앙스가 달라붙게 된 것이다. 하지만 기회를 엿보는 마음이 꼭 나쁜 것만은 아니다. 진실한 인생을 살 기회, 잘못을 고백할 기회, 실수를 바로잡을 기회 등 삶 속에는 일확천금이나 세속적 성공보다 훨씬 소중한 기회가 많기 때문이다. 그렇다면 우리가 더 행복한 인생의 주인공이 되기 위해 놓치지 말아야 할 진정한 기회는 무엇일까.

첫째, 내가 원하는 꿈을 추구할 기회를 놓치지 않아야 한다. 많은 사람들은 정말로 하고 싶은 일을 하며 살아갈 기회를 여러 번 놓치고도, 사태의 심각성을 깨닫지 못한다. 그때 왜 하고 싶은 일을 선택하지 않았느냐고 물어보면, 사람들은 이렇게 대답한다. "먹고사느라고 그랬어." "목구멍이 포도청이니까." "나에게는 그런 기회가 오지 않더라고. 난 항상 운이 없었지." 현실의 벽에 부딪혀 기회를 붙잡지 못한 사람들은 때로는 안타까운 목소리로, 때로는 억울한 눈빛으로, 이렇게 말한다. 그 말이 모두 맞다. 기회균등의 사회는 아직 오지 않았다. 어떤 이들에게는 넘치도록 많은 기회가 주어지지만, 더 많은 이들에게는 기회 자체가 오지 않는 것만 같다. 그런데 문제는 먹고사는 일이 어느 정도 해결된 뒤에도, 사람들은 진실한 꿈을 향해 달려갈 기회를 놓친다는 것이다. 기회를 포착하고, 기회의 의미를 이해하고, 오지 않는 기회마저 스스로 만들어 자신의 인생을 바꿀 수 있는 적극적인 삶의 의지를 실험해보지 못했기 때문이다. 기회가 오지 않는 것 같아도, 내 앞에는 어떤 희망찬 가능성이 보이지 않는 것만 같은 기나긴 시간 속에서도, 우리는 준비해야 한다. 누군가의 손으로 이미 잘 만들어진 기회가 닥쳐오기만을 기다리는 것이 아니라, '내가 사랑하는 일'을 지금부터 조금씩 짬을 내어 준비하면서 외부의 기회와 내면의 의지가 맞아떨어질 때를 기다리는 것. 소극적이고 맹목적인 기다림을 적극적이고 창조적인 기다림으로 바꾸려는 의지가 있을

때, 내 인생의 운전자는 '뜻밖의 행운'이 아니라 '나 자신'이
될 수 있다.

둘째, 내 진짜 마음을 표현할 기회다. "현대인은 점점 연
기자가 되어간다"는 철학자 칸트의 말처럼, 우리는 점점 빠
르고 삭막하게 변해가는 세상 속에서 자신의 진짜 속마음
을 표현할 기회를 좀처럼 얻지 못한다. 그러나 이런 가식적
이고 '쿨한 척'하는 분위기 속에서는 결코 행복해질 수가 없
다. 가슴이 터질 듯 슬픈데도 주변의 눈치를 보느라 그 슬픔
을 표현하지 못하고, 뛸 듯이 기쁜데도 공식적인 자리에서
예의를 차리느라 그 기쁨을 표현하지 못할 때마다, 우리 마
음속에서는 감정의 더께가 마치 오래된 화석처럼 쌓여간다.
그런데 감정이란 참으로 복잡하고 미묘한 것이어서, 드러내
지 않는다고 해서 없어지는 것이 아니다. 프로이트의 말처
럼 억압된 것은 반드시 귀환한다. 억압된 감정, 짓누른 마음,
아닌 척하는 모든 연기력은 언젠가는 되돌아와 나 자신의
뒤통수를 친다. 때로는 억눌린 감정이 쌓이고 쌓여 엉뚱한
사람에게 화가 미칠 수도 있다. 그때그때 자신의 감정을 건
강하면서도 예의 바르게, 때로는 솔직하면서도 화통하게 표
현할 기회를 놓치지 않는 것이야말로, 자신의 정신 건강을

지키고 주변 사람과의 관계를 조화롭게 유지할 수 있는 길이다. 모든 감정을 일일이 유치하게 표현하는 것이 아니라, '내 감정 표현의 중용은 어느 정도일까'를 끊임없이 고민하고 조절하면서, 타인과의 교감 속에서 감정 표현의 길을 찾아야 한다.

셋째, 잘못된 과거를 바로잡을 기회다. 이것은 정말 인생에서 우리가 가장 많이 놓치는 기회다. 속마음을 표현하고 싶어 하고, 멋진 기회를 잡고 싶어 하는 것은 본능에 속하지만, 잘못된 과거를 바로잡는 일은 일단 고통스럽기 때문이다. 그러려면 내 잘못을 인정해야 하고, 그 과정에서 겪어야 하는 모든 감정의 파도와 후폭풍까지, 게다가 도의적 책임과 물질적 책임까지 모두 져야 하기 때문이다. 하지만 잘못된 과거를 바로잡지 않는다면 우리 인생은 좀처럼 앞으로 나아갈 수가 없다. 나아가는 척하지만, 사실은 가해자에게도 트라우마가 남는 법이다. 내가 무언가를 잘못했다면, 그 잘못은 피해자뿐 아니라 스스로에게도 깊은 상처를 남긴다. 그 상처가 언젠가 우리 자신을 공격할 것이고, 우리는 결코 죄책감에서 빠져나갈 수가 없다. '내가 원하는 일에 도전할 기회', '감정을 표현할 기회'를 찾는 일을 통해 행복해질 수는 있지만, '잘못된 과거를 바로잡을 기회'를 놓쳐버린다면 '좋은 사람'이 될 수는 없다. 행복한 사람이 되기보다 좋은 사람이 되는 것이 훨씬 어려운 일이기에. 행복해질 기회를 찾는 것은 본능이지만 좋은 사람이 될 기회를 찾는 것은 더 높고 더 깊은 자신과의 만남을 요구하기 때문이다. 우리는 '행복할 기회'를 찾음으로써 나 자신을 위하고, '좋은 사람이 될 기회'를 찾음으로써 우리 모두를 위하는 삶의 주인공이 될 수 있다.

집에 보낼
편지에
괴로움
말하려다

대학생들의 글쓰기 수업을 진행할 때, 학생들이 가장 어려워하는 시험이 바로 한자 시험이다. 늘 한국어로 이야기하다가 갑자기 "한자에 독음讀音을 달라"라고 하니 새내기들은 어리둥절할 수밖에. 하지만 나는 한자 시험이 여전히 필요하다고 생각한다. 한국어는 순 한글로만 이뤄진 것이 아니기 때문이다. 한국어 자체가 국한문혼용체에 기반을 두고 있기 때문에, 만약 표음문자인 한글의 형식에 따라 모든 표기법을 소리 나는 대로 적도록 한다면 우리가 사용하는 모든 문자 체계가 일시에 대혼란에 빠질 것이다. 모든 것을 소리 나는 대로, 또는 언중의 발음에 따라 바꾸다 보면 원래 우리말이 갖고 있던 고유의 결들이 사라지게 마련이다. '삯월세'가 '사글세'로 바뀔 때 나는 그 아름다운 '삯월세'의 울림과 모양새가 그리워 불현듯 슬퍼졌으며, '돐잔치'가 '돌잔

치'로 바뀔 때는 아연실색할 수밖에 없었다. '돐'과 '돌'이 어찌 같을 수 있단 말인가. '돐'이라는 아름다운 우리말을 영원히 잃어버린 것만 같았다.

하지만 나 자신도 모르는 글자가 나올 때마다 매번 자전을 찾아가며 헤매곤 하는 한자를 그래도 소중히 여기는 이유는 따로 있다. 바로 한문으로 만들어진 우리 문학과 기록들 때문이다. 세계적으로 유례를 찾을 수 없을 정도로 방대한 역사 자료인 『조선왕조실록』은 물론, 박지원의 『열하일기』를 비롯해 한용운의 한시에 이르기까지, 한문으로 창조된 우리 문학의 보물 창고는 방대하기 이를 데 없다. 『대장경』이 한자로 표기되었다고 해서, 그것이 남의 나라 문화유산인가. 한문으로 집필된 시나 소설, 수필류는 물론 한글과 한문이 섞여 있는 시조에 이르기까지, 한문을 통째로 덜어내고 나면 우리 문학은, 우리 가락은 성립할 수 없을 것이다. 국문학 전공자라서가 아니라, 한국문학을 사랑하는 한 사람의 독자로서 한문은 소중하다고 믿는다. 한문은 남의 나라에서 겉 꼴만 빌려온 문자 표기법이 아니라, 우리 정신의 보이지 않는 주춧돌이며 영혼의 모세혈관이다.

　그러나 아무리 이렇게 주장해도 아이들은 짜증을 낼 것이
다. 이런 학생들에게 읽히고 싶은 책이 생겼다. 바로 한문으
로 직조된 우리 문학이 오늘날 현대사회를 살아가는 우리에
게도 얼마나 아름다운 울림을 주는지를 매번 깨닫게 해주는
정민 선생의 『우리 한시 삼백수: 7언절구 편』이다. 예민한
사람들은 제목에서부터 민감하게 반응할 것이다. '한시가
어떻게 우리 거야?' '한시는 중국 것 아니야?' 하지만 이 땅에
서 '글 한가락'씩 하는 사람들이 쓴 한시를 모두 합치면 조선
시대만 해도 엄청난 분량이 될 것이다. 이 땅에서 태어난 문
인들이 쓴 한시는 한문으로 기록되었지만, 분명히 한국문학
의 범주 안에 포함된다. 무엇보다도 그들이 쓴 한시는 중국
사람들보다 우리에게 훨씬 잘 이해되고, 훨씬 깊은 울림을
줄 수밖에 없다. 문학은 세계적 보편성을 갖는 것이지만, 그
보편성 자체도 지역성 혹은 토착성이라는 최초의 토양 위에
서 발아하는 것이기 때문이다.

　집에 보낼 편지에 괴로움 말하려다
　흰머리의 어버이가 근심할까 염려되어,
　그늘진 산 쌓인 눈이 깊기가 천 길인데

올겨울은 봄날처럼 따뜻하다 적었네.

欲作家書說苦辛 恐敎愁殺白頭親

陰山積雪深千丈 却報今冬暖似春

— 이안눌, 「편지를 부치며」, 정민 평역, 『우리 한시 삼백수』,

   김영사, 2013, 370쪽.

집 떠나 지내면 가장 서러울 때가 아플 때와 배고플 때, 그
리고 추울 때다. 뭔가 고차원적인 이유 때문이 아니라 가장
원초적인 욕망이 육체를 옥죄어올 때, 인간은 뼛속 깊은 외
로움을 느낀다. 당장의 추위와 배고픔, 아픔이 사라지는 것
은 아니지만, 그래도 내 마음을 알아주는 이 하나만 있다면
그 설움이 위로될 것만 같다. 그래서 이 시의 주인공은 어버
이께 편지를 보내려 한다. '어머니, 여긴 눈이 너무 많이 와
요. 춥고 외롭습니다.' 하지만 백발이 성성한 어버이의 모습
을 떠올려보니, 나보다 더 힘든 이는 자식을 먼 곳에 떠나보
낸 어버이가 아닐까 싶다. 그래서 마음을 고쳐먹고 다시 편
지를 쓴다. '어머니, 올겨울은 어찌 된 일인지 봄날처럼 따스
하네요. 저는 이곳에서 아무 걱정 없이 잘 지냅니다.' 응달져

더욱 추위가 매서운 산골에 푹푹 쌓인 눈을 바라보며, 자식
은 자신의 추위와 설움보다 부모님의 근심, 걱정을 염려할
줄 안다. 사람은 이렇게 어른이 되어가는 것 같다. 예나 지금
이나, 자식이 철드는 최고의 방법은 부모와 떨어져 지내며
산전수전 공중전 다 겪어보는 것인가 보다.

　가을날 맑은 호수 옥 같은 물 흐르는데
　연꽃 깊은 곳에 목란배를 매어두고
　님 만나 물 저편에 연밥을 던지고는
　행여 남이 봤을까 봐 한참 부끄러웠네.
　秋淨長湖碧玉流 荷花深處繫蘭舟
　逢郎隔水投蓮子 遙被人知半日羞

　　— 허난설헌, 「부끄러워」, 정민 평역, 앞의 책, 324쪽.

　허난설헌의 절창, 「채연곡採蓮曲」이다. 연꽃의 열매, 연밥
을 따는 노래다. 연잎이 무성하게 우거진 호수 깊숙한 곳에
숨어 누군가를 기다리는 한 여자가 있다. 나는 여기 있는데,

눈치 없는 내 님은 내가 있는 곳을 알아채지 못하는 것 같다. 아직 조심스럽고, 아직 부끄러운 두 사람 사이. 그녀는 나 여기 있다고, 연밥을 하나 뚝 따서 조심스레 님 계신 쪽에 던진다. 연밥을 따서 님의 발치에 던지는 행위, 그것은 바로 '당신을 사랑한다'는 고백의 은유다. 이 시는 평역자의 해설로 더욱 빛을 발한다.

가을날 물 맑은 긴 호수에 벽옥의 강물이 넘실댄다. 연꽃은 피고 지고, 연잎은 키를 넘고, 연밥도 주렁주렁 매달렸다. 조그만 쪽닥배를 몰고 님과 만나기로 한 장소에 먼저 온 그녀는 부끄러워 연잎 속에 배를 매어두고 아까부터 숨어 있다. 이윽고 방죽 저편으로 님이 보이더니, 연잎 속에 숨은 나는 못 보고 자꾸 엄한 곳을 두리번거린다. 기다리다 못한 나는 님의 발치에 작은 연밥을 하나 따서 던진다. 연자蓮子는 연밥을 말하지만, 음으로 읽으면 연자憐子, 즉 '그대를 사랑해요!'가 된다. 그녀의 두 볼에 반나절 동안이나 홍조가 가시지 않았던 이유다.

— 정민 평역, 앞의 책, 325쪽.

연자蓮子와 연자憐子는 음은 같지만 뜻이 다르니, 님은 그
녀의 수줍은 몸짓에 어린 사랑의 의미를 이해했을 것이다.
누가 그것을 보고 자신만의 은밀한 '사랑의 암호'를 알아챌
까 두려웠다는 그녀의 고백은 읽는 이의 마음을 한껏 설레
게 한다. 그래, 어느 시대에나 처음 시작되는 사랑은 이토록
수줍고 짜릿하고 해맑았구나.

다정다감한 해설의 도움을 받지 않아도 저절로 이해되는
한시도 많다. 정온의 「귀뚜라미」는 한달음에 읽어도 금방
시인의 진심이 만져진다. "밤새도록 귀뚤귀뚤 무슨 뜻이 있
는가 / 맑은 가을 저절로 소리 냄이 기쁘다. / 미물도 또한 능
히 계절 따라 감응커늘 / 나는 아직 어리석어 때 기다려 우
누나."(360쪽.) 밤새 쉬지 않고 울어대는 귀뚜라미는 가을의
서정을 자극한다. 겨울도 봄도 여름도 아닌 꼭 가을에 정확
히 '제때'를 알고 우는 귀뚜라미처럼, 우리도 진정 울어야 할
때를 알고 때맞춰 울 수 있다면. 그것이야말로 감성의 해방
이고 영혼의 자유일 것이다.

한편 예나 지금이나 고생스러운 백성의 삶은 친절한 설명
없이도 곧바로 폐부를 찌른다. 김약수의 「산새」를 읽으면

'근심겨운 백성의 마음'은 예나 지금이나 같은 것이라는 생
각이 든다. "노목이 우거진 옛 시내에 와 보니 / 집집마다 푸
성귀로 배조차 못 불리네. / 산새는 근심겨운 백성 맘도 모른
채 / 다만 그저 숲속 향해 마음껏 노래하네."(36쪽.) 곡식은커
녕 푸성귀로도 배를 채우지 못한 배고픈 백성은 힘차게 울
어예는 산새들의 노랫소리조차 야속하다. 우리는 이토록 배
가 고프고 힘겹고 희망이 없는데, 산새들은 무슨 기쁨에 겨
워 저리도 신나게 지절대는 것일까.

  이렇듯 가슴 절절한 슬픔의 시가 있는가 하면, 그저 자연
의 일거수일투족을 덩그러니 묘사하는 것만으로도 유머가
넘치는 시도 있다. 이인로의 「군밤」이 그렇다. "서리 뒤에 터
진 밤톨 반짝반짝 빛나니 / 젖은 새벽 숲 사이엔 이슬 아니
말랐네. / 꼬맹이들 불러와 묵은 불씨 헤집자 / 옥 껍질 다 타
더니 황금 탄환 터지누나."(46쪽.) 밤껍질이 다 타고 나니 황
금 탄환처럼 팍, 팍 터지는 밤 알갱이의 모양이 손에 잡힐 듯
생생하다.

  나는 한시는커녕 한문에도 젬병이지만 『우리 한시 삼백
수』는 흥미진진하게, 게다가 어렵지 않게 읽을 수 있었다.

한시의 유려한 번역과 흥미로운 해설은 마치 현대 시를 읽는 듯한 참신한 감성을 불러일으킨다. 읽다 보면 '역시 한시는 우리 문학이기도 해!'라는 식의 자기만족을 뛰어넘어, '한시를 빼면 우리 문학이 얼마나 허전해지겠는가!' 싶어 가슴을 쓸어내리게 된다. 게다가 수백 년 전의 주옥같은 시편들이 시공간의 장벽을 뛰어넘어 우리 앞에 이토록 손에 잡힐 듯 생생하게 다가올 수 있다는 생각을 하니 가슴이 설레기도 한다. 이 책에는 부모님께 안부 편지를 보내는 자식의 심정을 노래하는 일상적 이야기부터, 연인과 영영 헤어져야 하는 극한의 고통을 참아내는 수많은 이별의 시편은 물론, 서릿발 같은 지조와 정치적 신념을 지켜내는 지식인의 고뇌, 탐욕으로 이글거리는 속세를 떠나 오직 자연만을 벗하며 자기만의 세계에 스스로를 봉인한 은둔자의 철학에 이르기까지, 인간의 희로애락애오욕이 고스란히 담겨 있다.

이안눌의 「편지를 부치며」에 관한 글은 저자의 『소리내어 읽는 즐거움』(정여울. 홍익출판사, 2016, 123~124쪽.)의 문장을 수정하여 수록하였습니다.

요리가
아름다운
시간

　신기하게도 1인 가구가 늘어날수록, 집에서 요리하는 사
람들보다 밖에서 음식을 사 먹는 사람들이 많아질수록, 요
리 프로그램은 늘어난다. 요리를 '하는' 것보다 요리를 '보는'
것이 즐거운 시대가 되었다. 언제부턴가 TV 채널에는 거의
24시간 요리 프로그램이 넘쳐난다. 요리와 음식 기행만을
전문으로 하는 채널들이 각광받고, 음식을 단지 '맛있게'만
하는 것이 아니라 음식을 '보기 좋게' 만드는 푸드 스타일리
스트가 주목받는 시대가 되었다. 요리를 하는 것보다 요리
를 보는 것에서 기쁨을 느끼는 현대인은 정작 '요리'라는 직
접적이고 육체적인 행위로부터는 점점 멀어지게 된다. 음식
을 집 밖에서 먹다 보면 음식은 어느새 상품이 되어버리고,
요리라는 육체적 행위는 집 밖으로 추방당한다. 우리가 더
많은 음식을 사 먹을수록, 우리는 요리라는 즐거운 행위로

부터 소외되는 것이다. 부엌은 '시스템키친'으로 또는 '북유럽식 인테리어'로 멋지게 꾸미고 싶어 하면서도 정작 집에서 요리하는 시간은 급격히 줄어든 현대인에게, 요리는 '일상'이라기보다는 '스펙터클', 즉 구경거리가 되어가고 있다.

요리를 삶의 일부로 받아들였던 옛사람들과 달리, 현대인은 음식뿐 아니라 요리라는 행위 자체를 상품화한다. 요리를 하기보다 요리를 '보여주기'에 치중하는 맛집 프로그램에서는 정작 요리의 '비주얼 이미지'만이 중요할 뿐 요리의 '진짜 맛'과 '과정의 즐거움'은 미지수로 남는다. 텔레비전에서 화려하고 과장된 제스처로 찬양하는 맛집에 실제로 갔을 때, '우리가 꿈꿨던 바로 그 맛'이 아니라고 느끼는 것은 단지 맛집만의 탓은 아니다. 시각적인 이미지로 상상한 맛과 미각의 실제 체험으로 느끼는 맛이 같을 수는 없기 때문이다. 「트루맛쇼」라는 다큐멘터리는 맛집 프로그램의 허상을 밝힘으로써 '보이는 맛'이 실제로 '혀로 느끼는 맛'과 얼마나 다른지를 보여준다. 현대인들은 맛집 프로그램의 과대 포장을 알고 있으면서도 습관처럼 즐겨 본다. 요리를 직접 하진 못해도 과정을 상상하고 지켜보는 것만으로 달콤한 쾌락을 맛보기 때문이다. 요리를 힘겨운 노동이 아닌 즐거운 축제로

느끼고 싶어 하는 본능은 고독한 현대인에게 더욱 절실하게
나타난다.

요리는 인간이 자연과 인공을 결합하여 무언가 제3의 것
을 만들어내는 절묘한 기술이기도 하다. 자연에서 태어난
온갖 식재료를 인간의 오랜 역사 속에서 다듬어진 요리의
기술로 버무리고 으깨고 끓이고 졸여 하나의 완성된 작품으
로 만들어내는 기술, 그것이 요리다. 그렇기에 우리가 집에
서도 자연과 소통할 수 있는 몸짓이 바로 요리이기도 하다.
철학자 프란체스카 리고티는 『부엌의 철학』에서 요리의 아
름다움을 이렇게 그려낸다. "연금술처럼 요리 기술은 자연
이 분리시켜놓은 것을 짜 맞추어 무엇인가를 만들어낸다.
요리 기술은 재료들을 잘게 썰고 으깨고 빻는, 간단히 말해
서 자르는 행위를 통하여 자연 상태와는 전혀 다른 인간적
이고 문화적으로 잘 정돈된 형태로 새로이 합성한다." 과연
요리는 연금술을 닮았다. 날것의 재료를 향해 불의 마술을
적용하여 맛있는 음식으로 변신시키는 연금술적 몸짓, 그것
이 요리인 것이다. 그리하여 요리에 대한 현대인의 노스탤
지어는 단지 '집에서 늘 밥을 해 먹던 그때 그 시절'에 대한
그리움에 그치는 것이 아니라, 본능적이고 역사적이며 문화

적인 뿌리를 가지고 있다. 요리를 통해 인간은 자연과 매순간 접신하며, 요리라는 이름의 자연과 인공의 행복한 결합을 통해 우리는 장구한 역사 속에서 생존해왔던 것이다.

라면, 햄버거, 컵밥, 도시락 등 온갖 편의점류 음식들은 우리에게 '편리함'과 '속도'를 제공하긴 했지만 '요리하는 즐거움'을 향한 그리움에 더욱 불을 지폈다. 편의점의 음식들을 빠르고 편리하게 섭취하면서도 우리는 집에 돌아오면 마음속에서 깊은 허기를 느낀다. 위장은 채워졌을지 몰라도 마음의 공허는 채워지지 않은 것이다. 1인 가구가 급증하는 현실, '혼밥'과 '혼술' 문화가 점점 자연스러워지는 문화 속에서 패스트푸드나 인스턴트식품은 점점 늘어나겠지만, 그럴수록 집에서 하는 따뜻한 요리에 대한 집단적 노스탤지어는 커질 것이다.

요리 프로그램, 맛집 프로그램으로 해소되지 않는 마음의 허기는 어떻게 채울 수 있을까. 맛있는 음식을 단지 '먹음'으로써 해소되지 않는 갈증, 맛있는 음식을 직접 '만듦'으로써만 비로소 해소될 수 있는 심리적 갈증이 있다. 요리가 아무리 귀찮더라도, 요리가 끝난 뒤 뒤치다꺼리가 아무리 복잡

하더라도, 우리의 가슴 밑바닥에는 산뜻한 주방에서 풍부한
식재료를 가지고 시원시원하게 요리를 하고 싶은 욕망, 그
렇게 신명나게 요리한 음식으로 사랑하는 사람들을 먹이고
싶은 욕망, 단지 나 혼자만 즐기기 위한 음식이 아니라 소중
한 사람들과 그 요리의 즐거움을 함께 나누고 싶은 욕망이
꿈틀거리고 있다. 요리는 트렌드나 상품으로 접근할 것이
아니라 '본능'과 '심리'에서 접근해야 하는 것이 아닐까.

  하루를 선물받았다
  내 마음대로 요리하란다

  하루를 삼등분으로 썰어
  끓는 물에 넣고
  학교 양념 학원 양념 잔소리 양념 대신
  운동장 양념 친구 양념 축구 양념 넣고
  보글보글 끓인다

  한 입 떠먹는 순간
  눈물 핑 코끝 찡 그립고 그립던 맛

흐이, 살맛 난다

— **이장근,「맛있는 하루 요리」,『칠판 볶음밥』,**
　창비, 2015, 42쪽.

　이장근 시인의「맛있는 하루 요리」를 읽다 보니, 우리가
하루하루 살아가는 것도 요리를 닮았다는 생각이 든다. 요
리는 '내 마음대로 할 수 있는 것'이니, 무려 '하루'라는 최고
의 재료를 통째로 선물받는다면 어떤 기분이 들까. 일에 치
이고, 인간관계에 치이면서, 우리는 '하루'를 온전히 내 마음
대로 쓰지 못한다. 우리 하루만 우리 자신에게 '요리'할 기회
를 주어보면 어떨까. 그날은 말 그대로 요리를 하는 날로 정
해보는 것이다. 두 가지 의미의 요리다. 하나는 '하루'를 요리
하는 것, 또 하나는 '나'를 위한 요리를 해보는 것이다. 이 모
두가 쉽지 않다. 하루 종일 '일'이나 '다른 사람'을 위해 동분
서주하는 것이 아니라, 오직 '하루를 내 마음대로 한번 요리
해보자'라는 생각으로 지낸다는 것은 엄청난 창조력을 요구
하는 일이기 때문이다. 자유를 갈망하다가도 막상 자유가
떡하니 우리 앞에 주어지면 어쩔 줄 모르게 된다. 어쩌면 하

루도 온전히 스스로를 위해 살아본 적 없는 자기 자신을 맞
닥뜨릴 수도 있다.

   그러니 나 자신이라는 존재를 제대로 알기 위해서라도,
'하루'를 맘껏 요리해보자. 하루 종일, 외부의 스케줄이 아니
라 내 마음이 진정으로 원하는 스케줄에 따라 살아보자. 그
리고 누구에게 '맛있다'는 칭찬을 들을 필요 없는 요리, '나는
이걸 먹고 싶은데, 주변 사람이 저걸 먹고 싶다고 해서 어쩔
수 없이 그걸 먹어야 했던 기억'을 싹 지워버리고, '아무도
신경 쓰지 않는다면, 나는 과연 무엇을 먹고 싶을까'를 고민
해보자. 나는 오늘 '하루'를 요리하기 위해 휴대폰과 컴퓨터
는 잠시 꺼두어야겠다. 자꾸만 '외부의 스케줄'에 일희일비
하게 되니, 내 마음의 소리를 들으려면 잠깐 미디어의 소리
를 꺼두어야 하니. 그리고 '빨리 먹기 좋은 음식'이나 '음식점
에 가면 실패하지 않는 무난한 음식'이나 '상대방이 좋아해
서 어쩔 수 없이 먹었던 음식'이 아니라, '내가 오래전부터 먹
고 싶었지만 남들 눈치 보느라 못 먹었던 음식'에 도전해보
아야겠다. 뛰어난 요리사가 아니어도 좋다. 남들이 '맛있다'
고 칭찬해주지 않아도 좋다. 그냥 내가 좋으면 되는 요리, 내
가 먹고 싶었던 요리를 해보고 싶다. 처음으로 여유롭게, 외

부의 시간과 타인의 시선에 쫓기지 않고, 미우나 고우나 세상에 하나밖에 없는 나만을 위한 요리에 도전해보고 싶다. 그리고 아주 천천히, 대책 없이 편안한 마음으로, 나에게 축복처럼 주어진 이 '하루'를 향기롭고 먹음직스럽게 요리하고 싶다.

군산,
노스탤지어가
머무는
장소

　충동의 빛을 따라가는 여행만큼 매혹적인 여행이 있을까.
준비도 필요 없다. 계획은 더더욱 필요 없다. 그저 무작정 떠
나고 싶은 마음, 그것이면 충분하다. 한밤중에도 '우리 바다
보러 가자!' 하는 마음의 소리에 '그래, 좋아!' 하며 무턱대고
따라본 적이 있는 사람들이 부러웠다. 20대 시절 못 해본 그
것. 충동, 혹은 거의 발작에 가까운 여행의 열망에 아무 계산
없이 따라보는 것을 나는 이제 와서 처음으로 해봤다. 그걸
가능하게 해준 곳이 바로 군산이었다. 밤 11시가 다 되어가
는 시각, 텔레비전 채널을 돌리다가 나는 눈이 번쩍 뜨였다.
식민지 시대의 건축이 그대로 보존되어 있는 아름다운 집이
었다. 폭풍 검색 끝에 그곳이 적산 가옥이라는 것을 알아내
었다. 히로쓰 가옥이라고도 불리는 이 고즈넉한 옛집은 단
번에 마음을 사로잡았다. 게다가 이제는 열차가 다니지 않

는다는 군산의 오래된 철길마을의 사진을 보는 순간 나는
마음을 결정해버렸다. 세면도구와 갈아입을 옷만 챙겨 10분
만에 출발 준비를 완료했다. 굼뜨기 이를 데 없는 내가 뭔가
를 이렇게 빨리 해낸 적은 처음이었다. 정신을 차려보니 이
미 군산에 도착해 있었다.

　도착해보니 새벽 두 시 반. 숙소도 아무렇게나 눈에 보이
는 대로 정해버렸다. 원하는 게 그저 '군산에서의 1박 2일'이
었으니 까탈 부리며 숙소를 고를 이유도 없었다. 때 아닌 단
잠을 잔 후 설레는 군산 여행을 시작했다. 충동의 빛을 향해
따라가니 아무것도 거칠 것이 없었다. 히로쓰 가옥으로 걸
어가는 길에서부터 군산은 내게 천천히 말을 걸기 시작했
다. 일단 고층 건물이 없어서 탁 트인 시야가 마음을 편안하
게 가라앉혔다. 프랜차이즈 상점을 거의 찾아볼 수 없는 예
스러운 골목길은 정갈하면서도 고즈넉했다. 서울에선 낯선
사람에게 좀처럼 말을 걸지 않는 내가, 교복 입은 소녀들에
게 길을 물으며 오지랖 넓은 질문도 했다. "평일인데 학교에
서 왜 이렇게 일찍 나왔어요? 땡땡이친 거 아니죠?" 군산 소
녀들은 까르르 웃으면서 억울해한다. "아니에요. 수업이 일
찍 끝난 거예요. 진짜예요." 웃으며 소녀들에게 작별 인사를

하고 10분쯤 걸어가니 히로쓰 가옥의 우아한 자태가 보였
다. 신흥동 자체가 워낙 조용하고 깨끗했으며, 스타벅스도
파리바게뜨도 맥도날드도 없는 그 거리는 내 마음 깊은 곳
에서 아직 희미하게 둥지를 틀고 있는 유년 시절 우리 동네
골목길의 추억을 상기시켰다.

시간의 발자취가 고스란히 간직된 장소들의 특징은 '장
소란 사람을 품어 안는 것'이라는 본래의 원칙에 충실하다
는 것이다. 영화 「장군의 아들」, 「타짜」, 「범죄와의 전쟁: 나
쁜 놈들 전성시대」, 「가비」 등의 촬영지이기도 했던 히로쓰
가옥은 많은 사람들이 방문하고, 온갖 우여곡절을 겪었음
에도 불구하고 여전히 따뜻하게 사람들을 맞이하고 있었다.
상시 근무하고 있는 것으로 보이는 관리자의 친절한 안내에
따라, 나는 미리 준비된 실내화를 신고 히로쓰 가옥의 방과
마루 하나하나를 천천히 돌아보았다. 여름 햇살이 찬란하게
쏟아지는 정원에는 온갖 풀꽃들이 소담스럽게 자라고 있었
다. 빛의 밝기와 각도에 따라 시시각각 변화하는 반투명 유
리창과 담담한 곡선을 품은 처마, 삐걱거리지만 깨끗하게
보존된 마룻바닥, 다다미를 반듯하게 깔아놓은 방들은 들뜬
마음을 담담히 가라앉혀주었다. 특히 2층에서 바라본 정원

의 모습은 아무리 오래 바라봐도 지겹지 않을 것만 같았다.

　한국에 남아 있는 유일한 일본식 사찰이라는 동국사, 근대역사박물관, 군산 근대문화유산 거리, 빵이 나오는 시간마다 문전성시를 이루는 이성당 빵집, 모든 것이 기대 이상으로 좋았다. 그리고 그 모든 것들을 하루 만에 다 구경할 수 있다는 것도 군산 여행의 큰 장점이었다. 무작정 길을 걷던 중 왠지 '이곳은 낯설지 않다, 언젠가 와본 것만 같다'는 느낌이 들어 등줄기가 서늘해지는 곳도 있었다. 한 번도 군산에 온 적이 없는데, 이게 웬일인가 싶었다. 알고 보니 그곳은 「8월의 크리스마스」가 촬영된 '초원 사진관'이었다. 오래전, 가끔은 나보다 더 나를 잘 알아서 내 마음을 더욱 아프게 하는 친구가 준 선물이 바로 「8월의 크리스마스」 비디오테이프였다. 다섯 번이나 보고 또 본 그 영화의 골목길 구석구석이 마음 깊은 곳에 나도 모르게 남아 있었던 것이다. 다림(심은하)이 열리지 않는 정원(한석규)의 마음을 향해 돌을 던진 곳, 정원이 누구도 자신의 죽음 속으로 걸어 들어오지 못하게 자신을 단단히 봉인했던 곳, 초원 사진관. 그곳에는 오래전 같은 비디오를 보고 또 보며 눈물 흘리던 내 20대의 힘겨웠던 시기가 나도 모르는 사이에 고스란히 보존되어 있었다.

내가 가장 가고 싶었던 곳은 경암동 철길마을이었기 때문에 나는 이곳을 마지막 여행지로 콕 점찍어놓았다. 가장 멋진 곳은 왠지 아련한 피날레를 위해 남겨놓고 싶은 마음 때문이었다. 하지만 마을은 기대했던 것만큼 기다란 철길을 보존하고 있지 못했다. 여기저기 잡동사니가 버려져 있고, 사진에서 본 것보다 훨씬 좁고 잡초도 무성했다. 하지만 그럼에도 불구하고 군산 하면 가장 먼저 떠오르는 것은 이제 그 철길마을을 조용히 걸었던 기억이 될 것 같았다. 기차는 다닐 수 없지만 수없는 사람들이 이곳에 와서 '잃어버린 시간'을 찾는 이유는 무엇일까. 우리가 서로를 모른다 해도, 만날 수 있는 기회조차 없다 해도, 우리 마음속에 담겨 있는 '먼 곳을 향한 그리움'의 원초적 풍경은 지극히 닮아 있기 때문은 아닐까. 군산 철길마을에 기차는 없다. 하지만 그곳엔 아담한 협궤 열차가 사람 사는 골목길을 유유히 달리던 그 시절을 향한 우리들의 버릴 수 없는 노스탤지어가 있다.

기다림 없는
시대의
소통

철학자 들뢰즈는 '모든 소통은 결국 명령어의 다른 이름'
이라고 말한 적이 있다. 핵심을 찌르는 통찰이다. 우리가 그
저 별다른 의도 없이 '오늘은 기분이 우울하다'라고 말할 때
도, 단지 감정을 표현하는 것이 아니라 '내 우울한 기분을 이
해해주고, 나를 좀 배려해달라'는 명령을 실어 나르고 있는
것이 아닐까. '그는 정말 좋은 사람인 것 같아'라고 그저 내
느낌을 말하는 것이 아니라, '그가 정말 좋은 사람이라는 내
생각에 꼭 동의해줘'라는 명령을 배후에 깔고 있는 것인지
도 모른다. 하지만 모든 소통이 명령으로 수렴되는 것만은
아니다. 명령은 필연적으로 권력관계를 발생시키지만, 소통
에는 명령만이 아니라 공감과 연대도 포함되어 있기 때문이
다. 그렇다면 꼭 말로 표현할 수 있는 것만이 소통이 아니라,
눈을 찡긋하며 상대방에게 윙크를 보내는 것도, 진심에서

우러나오는 포옹으로 상대를 완전히 받아들이는 것도, 더 없이 아름다운 소통인 셈이다. 소통에는 명령어가 포함되지만, 모든 소통이 명령은 아니니까. 우리가 꿈꾸는 소통은 공감과 화해, 이해와 감탄이기도 하기 때문이다.

우리가
그리워하는 것

모바일 커뮤니케이션이 일상화되고, 전 국민의 90퍼센트 가까운 인구가 스마트폰을 이용하게 된 이 놀라운 통신 혁명의 시대에, 소통은 어떤 의미를 가지게 된 것일까. 이제 소통은 예전보다 다채로운 의미를 갖게 되었다. 사람들은 페이스북이나 카카오톡을 비롯한 다양한 통신 방법을 이용해 일대일 소통뿐 아니라 다자간 소통을 하게 되었으며, 즉석에서 안건을 투표에 부치기도 하고, 여러 개의 채팅방을 만들어 한꺼번에 대화를 하기도 한다. 그뿐만 아니라 '사람과 사람 사이의 소통'을 뛰어넘는 '인간과 기계 사이의 소통'이 가능해졌다. 사람들은 시력과 체력만 허락한다면, 하루 종일 '스몸비(스마트폰+좀비의 합성어로,

스마트폰에 집중한 채 외부 세계에 별다른 관심을 기울이지 않는 사람들을 일컫는다)'가 되어 '휴대폰과의 의사소통'에 집중할 정도가 되었다. 온라인 게임은 젊은이들의 전유물이 아니라 노년층에게도 인기를 끌게 되었고, 이제 전화를 '통화용'으로만 쓰는 사람들은 거의 없다. 카메라 시장이 스마트폰의 괄목할 만한 발전으로 위축될 지경이라 하니, 휴대폰은 남녀노소를 위한 멀티미디어가 된 것이다. 휴대전화는 현대인에게 카메라이자 계산기이자 알람이자, 뉴스나 전자책을 통해 세상을 바라보는 창이자, 온갖 희로애락이 흘러넘치는 엔터테인먼트 미디어가 되었다.

마치 블랙홀처럼 스마트폰이 모든 커뮤니케이션을 다 한곳으로 빨아들이는 것처럼 보이지만, 오히려 편지나 일기 같은 과거의 소통 행위는 옛 시절에 대한 노스탤지어를 불러일으키면서 전보다 더 간절한 의미를 띠게 되었다. 누군가가 '손 편지'를 직접 써서 마음을 전하면, 사람들은 일단 문자메시지나 이메일보다는 훨씬 진지하고 심각한 마음으로 글을 읽게 된다. '이건 문자메시지나 카카오톡으로 쉽게 전할 수 있는 내용이 아니구나' 하는 느낌을 직관적으로 전달하는 것이 바로 손 편지의 마력이다. 또한 컴퓨터나 모바일로 메시지를 전달하게 되어 손 글씨를 쓸 일이 거의 없어지다 보니 '손 글씨'에 대한 향수도 또 하나의 문화 상품이 되었다. 캘리그래피를 배우는 데 열정을 느끼는 사람들, 예쁜 노트나 DIY식으로 만든 수첩에 손 글씨로 일기나 편지를 쓰는 사람들, 어른들이 '컬러링 북'에 열광하는 것은 모바일 커뮤니케이션 시대의 아날로그적 반작용이다. 사람들은 휴대폰을 일상적으로 쓰면서도, 동시에 '휴대폰으로는 할 수 없는 것들', 손으로 펜이나 종이의 촉감과 온도, 질감을 느낄 수 있는 아날로그적 소통 행위를 그리워하고 있는 것이다.

1인 미디어 시대의
진정한 소통의 울림

우리나라 정보 통신의 역사는 1884년 고종이 신식 우편 기관인 우정총국을 설치하라는 전교를 내린 날을 기준으로 했을 때, 아직 150년이 채 되지 않았다. 봉화로 소식을 전달하고, 편지를 전하기 위해 몇 날 며칠을 걸어야 했던 시간까지 합치면 훨씬 오랜 기간을 통신의 역사에 포함시킬 수 있을 것이다. 하지만 지난 10여 년 동안 우리가 겪은 모바일 통신 혁명이 이전 수백 년간 겪어 온 통신의 진화보다 훨씬 강력한 영향력을 발휘하고 있다. 사람들은 '미디어가 실어 나르는 메시지'를 좀 더 효과적이고 다양한 방법으로 이해하고 분석하고 싶어 한다. 독서 인구가 줄어들고 있다고 걱정하는 사람들이 많지만, 사실 '문자로 된 텍스트'를 읽는 분량은 예전보다 더 많아졌다고도 볼 수 있다. 심지어 현대인은 문자메시지나 이메일, 트위터나 인스타그램 등을 통해 예전보다 훨씬 많이 '글을 쓰게' 되었다. 종이 책을 읽는 인구는 줄었지만, 어떤 방식으로든 '글'을 통해 세상을 이해하는 통로는 훨씬 넓고 다양해진 셈이다.

그리하여 이 놀라운 모바일 커뮤니케이션 시대에, 사람들은 더욱 '글을 잘 쓰는 능력'을 동경하게 되었다. 대중 강연에 나설 때마다 '어떻게 하면 좋은 글을 쓸 수 있냐'는 질문을 많이 받게 된 것도 최근의 일이다. 사람들은 굳이 작가가 되거나 책을 내지 않더라도, 블로그나 인스타그램 등 1인 미디어를 통해 자기 자신을 좀 더 멋지게 드러내고 싶어 한다. 전화나 편지로 소식을 전하던 과거의 일대일 커뮤니케이션 중심의 사고방식에서, 얼굴을 알지 못하는 불특정 다수에게

'나만의 개성 있는 이야기'를 방송처럼 전달하고자 하는 사람들이 많아졌다. 모바일 커뮤니케이션 시대에 오히려 글쓰기는 '자기표현의 미디어'로서 각광받게 된 것이다.

한 가지 안타까운 것은 사람들이 1인 미디어에 너무 공을 들인 나머지 정작 곁에 있는 사람들과 직접 대화하는 일에는 소홀한 경우가 많아졌다는 점이다. 연인과 함께할 때도 각자의 휴대폰을 통해 제각각 오락을 즐기는 사람들, 가족끼리 외식에 나와서도 저마다 전화기에 집중한 채 별다른 대화를 하지 않는 사람들, 중요한 회의나 수업에서도 자꾸만 휴대전화로 눈을 돌리는 사람들이 많아지자, 점점 더 '사람의 눈을 맞추며 대화하는 가장 근원적인 소통'이 어려워지게 되었다. 휴대전화도 좋고, 컴퓨터도 좋지만, 때로는 그 모든 것이 없어도 우리는 충분히 아름다운 의사소통이 가능한 존재들이라는 점을 잊지 말았으면 좋겠다.

진정한 소통은 '메시지의 내용'을 뛰어넘는다. '나는 너를 사랑해'라는 문장을 아무리 반복해도 그 애절한 마음이 온전히 전달되지 않을 때가 있지만, '사랑'이라는 단어를 한 번도 쓰지 않아도 오직 사소한 몸짓이나 잠깐의 눈빛만으로

모든 것을 다 이해하는 관계가 있다. 소통은 언어를 통해 주
로 이루어지는 것 같지만, 때로 결정적인 소통은 언어를 넘
어선 자리에서 성립되기도 한다. 아무 말을 하지 못하는 갓
난아기와 오늘 처음 얼굴을 마주한 엄마가 세상 그 무엇과
도 바꿀 수 없는 단 한 번의 간절한 소통을 경험하는 것처럼.
그런 의미에서 우리는 더 깊고 간절한 이야기들, 쉽게 기계
의 힘을 빌려 소통하지 못하는 것들에 귀를 기울일 필요가
있지 않을까. 작가 리베카 솔닛은 『멀고도 가까운』에서 '책'
이란 그저 사물이 아니라 그 책이 지닌 가능성 전체, 음악의
악보나 씨앗 같은 것이라고 말했다. 누군가 정성 들여 읽어
주어야만 비로소 이 세상에 제대로 존재할 수 있는 책처럼,
우리의 소통 또한 휴대폰이나 컴퓨터에 있는 것이 아니라
'수많은 이야기가 살아 숨 쉬고 있는 우리의 가슴속'에 존재
한다. 하고 싶은 이야기를 말로는 잘 표현하지 못하는 사람
들이 많다. 그럴 때는 상대방의 눈을 보자. 눈빛, 손짓, 발짓,
몸짓. 상대방은 온몸을 통해 당신에게 이미 말을 걸고 있다.
미디어가 '시각'이나 '언어' 같은 눈에 보이는 것들에 덜 의
존할수록, 누군가의 절실한 메시지는 더욱 깊고 커다란 울
림으로 우리 마음속에 울려 퍼진다.

심플 라이프,
공간은
넓게
삶은
가볍게

　『나는 단순하게 살기로 했다』로 심플 라이프에 대한 폭발
적인 관심을 일으킨 저자 사사키 후미오는 '언젠가는 이 물
건을 쓰겠지'라는 생각이 우리 삶을 점점 복잡하게 만들고
있다고 지적한다. "언젠가 어딘가에 사용할 수 있을지도 모
른다며 잘 보관해두는 빈 과자 통이나 예쁜 종이봉투들, 언
젠가 시간이 나면 시작하겠다고 방치해둔 영어 회화 교재와
도중에 팽개친 취미 용품들. 그 '언젠가'는 영원히 오지 않는
다. '언젠가'라는 기대를 이제는 미련 없이 버려라. 지금 필요
하지 않은 물건은 앞으로도 필요 없다." 다소 매정하게 들릴
수도 있지만, '만약에, 언젠가, 혹시라도는 없다!'라는 생각
이 현재의 삶을 좀 더 가볍고 겸허하게 만드는 것은 사실이
다. '언젠가 혹시라도 할지 모를 일'에 복잡한 미련을 갖기보
다는 '지금 내가 할 수 있는 일'에 상쾌하게 집중하는 것이다.

삶을 간소화하는 첫걸음은 우선 물건에 대한 소유와 집착을
버리는 일에서부터 시작된다.

집 안의 물건을 줄이고 나면 '내가 무엇을 버릴 수 있는지,
내가 무엇을 꼭 원하는지'를 알게 된다. '반드시 신경 써야 할
것'과 '신경 쓰지 않아도 괜찮은 것들'을 나눌 수 있는 마음의
눈이 떠진다. 자잘한 고민거리 자체가 줄고, 진정으로 중요
한 일에 집중할 수 있는 마음의 여유가 생긴다. 게다가 물건
을 줄이는 일 자체가 엄청난 고민과 육체적 노동을 필요로
하므로, 우리는 마음속으로만 생각하는 것이 아니라 직접 몸
을 움직이며 '내 삶 속에서 무엇을 덜어내야 더 행복해질까'
라는 고민을 치열하게 해볼 수 있다. '쟁여놓는다'는 표현 자
체에 욕심과 집착이 들어 있다. 아무리 값이 싸도, 아무리 품
질이 좋아 보여도, 지금 당장 쓰지 않는 물건을 사서 쟁여두
는 것은 돈 낭비일 뿐 아니라 '공간의 낭비'다. 물건이 차지하
는 만큼 우리가 쓸 수 있는 공간의 여백이 줄어드는 것이다.

**"지나치게 많이 소유한 물건이
당신을 무너뜨리고 있다"**

정말 '머스트 해브 아이템(must-have
item: 반드시 필요한 물건)'이라는 것이 있을까. 꼭 그 물건을 사
야만 인생이 행복해지는 그런 최고의 물건이 있을까. 어쩌
면 우리는 무엇을 가져도 '더 좋은 것, 더 대단한 것, 더 완벽
한 것'을 찾아 헤매지 않겠는가. 상품광고의 메시지는 수백
년이 지나도 늘 똑같을 것이다. '이건 꼭 사야 해!'라는 메시
지를 세련되게 담아내는 것. 하지만 한 사람이 지혜롭게 활
용할 수 있는 상품에도 한계가 있다. 우리가 상품을 소비하
는 것이 아니라 상품이 우리를 소비하고 있는 것은 아닌가.
그 수많은 상품들에 짓눌려 살아가면서도 우리는 '결핍'을
느끼지 않는가.

『나는 단순하게 살기로 했다』의 저자는 상품의 과소비를
부추기는 현대사회에서 자신이 느낀 불안감을 이렇게 고백
한다. "늘어난 물건에 휘둘려 에너지를 소진했다. 모처럼 사
들인 물건을 제대로 활용하지 못한다는 생각에 늘 자책하기
만 했다. 물건이 아무리 많아도 내게 없는 물건만 눈에 들어
왔고, 나도 모르게 다른 사람을 시샘했다. 너무나 많아져버
린 물건들을 버리지 못하고 변명만 늘어놓다가 자기혐오에
빠지는 악순환을 반복했다."

그는 물건을 버리기 시작하면서 자신의 삶이 진정으로 달라지기 시작했다고 고백한다. "만일 예전의 나처럼 불만투성이에 불행하다고 느낀다면 물건을 줄여보라. 반드시 뭔가가 바뀔 것이다. 유전이나 환경 탓이 아니다. 성격이나 과거의 트라우마 때문도 아니다. 지나치게 많이 소유한 물건이 당신을 무너뜨리고 있다." 과도한 소유의 문제점은, 소유가 또 다른 소유를 부추긴다는 점이다. 목걸이를 사면 그에 어울리는 옷을 사고 싶고, 옷을 사면 구두를 사고 싶고, 이것저것 사고 나면 둘 곳이 없어 옷장을 사고 싶지만 결국 먼저 사둔 물건들이 집을 온통 점령해버려 '더 사 쟁여둘 공간'이 없어지고 만다.

미니멀 라이프를 추구하는 사람들은 한결같이 입을 모은다. 우리는 살아가는 데 꼭 필요하지도 않은 물건을 위해 필사적으로 돈을 벌고 있는 것이라고. 물건을 하나하나 정리하고, 아껴 쓰고 나눠 쓰고 바꿔 쓰기를 시도해보면, '지나간 내 인생을 돌아볼 수 있는 시간'이 생긴다. '추억이 깃든 물건은 절대로 버릴 수 없다'는 생각이 들기도 하지만, 그 물건이 너무 많아 발 디딜 틈이 없다면, '물건 속에 담긴 추억'을 글로 정리해 마음속에 고이 간직해두면 된다.

소비의 그물에서
탈출하라

『단순함의 즐거움』을 쓴 작가 프
랜신 제이는 사람들에게 '컨슈머(consumer: 소비자)'가 아닌 '민
슈머(minsumer: 최소한으로 소비하는 사람)'가 되자고 이야기한다.
우리를 계속 목마른 소비자로 묶어두고 싶은 사람들은 광
고주, 기업가, 그리고 정치가이기 때문이다. 그들은 '가능한
한 많은 물건을 사라!'라고 권유함으로써 자신들의 이윤과
이권을 챙기고, 선거에 당선되고, 돈을 번다. 하지만 잠깐의
충동을 못 이겨 무이자 할부로 비싼 물건을, 심지어 비싼 자
동차와 집까지 구매한 소비자들은 어떻게 될까.

프랜신 제이는 이렇게 진단한다. "필요하지도 않은 물건
을 구매하기 위해 열심히 일한다. 몇 달 뒤면 쓸모없거나 유
행에 뒤처질 물건을 구입하느라 초과근무를 한다. 결국 집
구석의 쓸모없는 잡동사니로 전락할 물건의 카드 대금을 내
기 위해 고군분투한다." 그렇다면 우리는 일단 소비부터 먼
저 하고 뒤늦게 후회하는 삶, 일단 카드부터 긁고 몇 개월,
많게는 평생을 갚아야 하는 '소비의 그물'로부터 탈출함으

로써, 더욱 자유로워질 수 있지 않을까. 그는 미니멀 라이프
의 장점을 자유로움과 새로운 생활을 창조할 수 있는 가능
성이라고 설명하며 이렇게 권한다. "우리에게 꼭 필요한 수
준으로 소비를 최소화하고, 우리의 소비가 환경에 미치는
영향도 최소화하며, 우리의 소비가 다른 사람들의 삶에 미
치는 영향도 최소화하라."

　작가 가비 림멜레는 『버리고, 비우기』에서 이렇게 말한
다. 물건은 수북이 쌓여 있으면 '가치'를 잃고 만다고. "절판
된 책, 고장 난 악기는 제아무리 멋진 추억을 담고 있어도 지
금의 내겐 아무런 기쁨도 주지 못한다. 먼지를 뒤집어쓴 채
공간만 차지하는 애물단지, 고물일 뿐이다. 정리 정돈은 가
치를 잃은 물건에 다시 제 가치를 되찾아준다는 의미이다."
물건을 정리한다는 것은 단지 그것을 '버려서 없앤다'는 뜻
이 아니라, 가치를 잃어버린 물건에 제자리를 찾아주는 일
이라는 것이다. 먼지가 수북이 쌓여 자신의 쓸모를 발휘하
지 못한 물건들에게 진짜 주인을 찾아주는 일. 그리하여 그
사물과 나의 잃어버린 관계를 회복하는 일. 나아가 심플 라
이프는 물건들이 버려지거나 쌓이지 않도록 스스로의 공간
을 좀 더 지혜롭게 배려하는 일이기도 하다. 자꾸만 쌓여가

는 물건 때문에 오히려 공허해지는 것이 아니라, 물건의 자리를 비움으로써 마음의 쉴 자리를 되찾아가는 것. 심플 라이프는 상품의 소비를 통해 우리 자신의 소중함을 증명하는 끝없는 인정 투쟁과 결별하는 것이며, 우리를 신상품의 노예가 아닌 진정한 자기 삶의 주인공으로 만드는 일상 속의 실천이다.

마음의 독립성을
키우기 위하여

물건이 떠나간 자리 위에, '어떻게 살아야 할 것인가'를 좀 더 창조적으로 사유할 수 있는 나 자신의 모습을 그려 넣어보자. 철학자 이반 일리치는 『과거의 거울에 비추어』에서 이렇게 말한다. 우리가 살아가면서 끊임없이 모으는 수많은 가구나 물건들이 결코 내면의 힘을 키워주지는 못한다고. "온갖 편의를 짜 넣은 주택은 우리가 약해졌음을 보여주고 있습니다. 우리는 살아갈 힘을 잃을수록 재화에 의존합니다. 사람들의 건강은 병원에 의존하고 우리 아이들의 교육은 학교에 의존하는 것과 비슷합니다.

애석하게도 병원도 학교도 한 나라의 건강이나 지성의 지표
가 되지 못합니다." 아플 때엔 무조건 병원에 의존함으로써
몸의 자연 치유력이 약해지고, 교육은 학교에만 맡겨놓음으
로써 가정교육과 주체적인 독학의 중요성이 사라져가는 것
처럼, 우리는 '상품'에 의지함으로써 그 상품들이 없이도 살
아갈 수 있는 자율성을 잃어가는 것이다. 우리는 그 수많은
상품들 없이도 살아남을 수 있다. 그것들 없이도 우리 자신
은 더없이 소중한 존재가 될 수 있다.

   진정한 심플 라이프란, 삶의 편리를 추구하기 위해 수많
은 상품에 의존하지 않고, '내 삶에 필요한 최소한의 도구들'
이 무엇인가를 스스로 질문하면서, 마음의 독립성을 키워
가는 것이다. 소유를 줄이고, 신경 써야 할 물건들의 범위를
줄이면, 그 빈 공간에 무엇을 채워 넣어야 할까. 또 다른 물
건이 아닌 '새로운 생각을 할 권리'가 아닐까. 심플 라이프를
향한 현대인의 갈망은 결국 물건이나 소유에 휘둘리는 삶
이 아닌 내 삶의 주체성을 회복하기 위한 마음 챙김의 몸짓
이다.

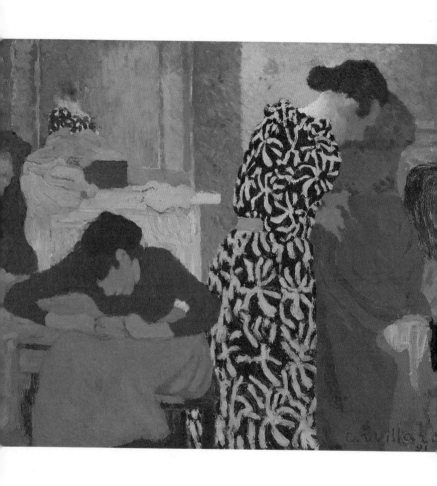

외할머니의
깻잎장아찌

　『내가 사랑한 유럽 TOP10』을 출간한 이후 가장 자주 받는 질문 중 하나가 바로 '어느 나라의 어떤 음식이 맛있는가?'였다. 그때마다 나는 '포르투갈 음식, 스페인 음식, 또 의외로 맛있는 독일 음식' 등을 이야기하곤 했지만, 사실 속으로는 '아무리 오랫동안 여행을 다녀도 우리나라 음식이 제일 맛있다'는 생각을 떨쳐낼 수가 없었다. '평생 입맛은 두세 살 이전에 결정된다'는 속설이 나에겐 정말 딱 맞아떨어진다. 유럽 여행 중에 나는 '어떻게든 현지 음식에 적응하자'는 생각으로 그 흔한 튜브형 고추장이나 컵라면조차도 가져가지 않았지만, 귀국해서 가장 먼저 찾는 것은 역시 김치찌개나 된장찌개 같은 평범한 한국 음식이었다. 그래서인지 외국에서 먹은 한국 음식은 항상 어떤 애틋함의 기억으로 남아 있다. '반드시 현지에 적응하자'는 굳은 결심으로 한 달이

넘는 장기 배낭여행을 떠나곤 했지만, 어쩔 수 없이 한국 음식에 대한 노스탤지어에 무릎을 꿇을 때가 있었기 때문이다. 리버풀에서는 우연히 한국 식당을 찾아 제육볶음과 된장찌개를 시켜 먹고 '맛없는 영국 음식'에 대한 엄청난 섭섭함을 극복했고, 더블린에서는 '아리수'라는 훌륭한 한국 식당을 기어코 찾아내 '코리안 바비큐'라고 메뉴판에 적힌 한국형 삼겹살을 구워 '참이슬'과 함께 신나게 먹고는 '나는 오갈 데 없는 한국 사람'이라는 것을 아프게 깨닫기도 했다. 온 세상을 다 여행해도 한국 음식만큼 '내 입맛에 맞는 솔 푸드 soul food'를 찾을 수는 없을 것 같았다.

그 수많은 한국 음식 중에서도 '나만의 솔 푸드'라고 할 만한 음식은 바로 외할머니가 만들어주신 깻잎장아찌였다. 나는 그 시절 단발머리 중학생이었다. 외할머니와 외할아버지가 모두 살아 계시던 시절. 지금은 감출 수 없는 흰머리 때문에 외출 때마다 늘 모자를 눌러쓰시는 우리 엄마도 그때는 젊고 고우셨다. 외할머니 댁은 인근에 소문난 딸 부잣집이었다. 딸들이 무려 일곱이나 태어난 집. 나는 이모만 여섯 명인, 이른바 '7공주 집'인 외가에서 이상한 편안함을 느꼈다. 누구도 지배하려 하지 않고 누구도 큰소리를 치지 않았

다. 모두가 '수다'에 있어서는 둘째가라면 서러울 외가에서
는 항상 도란도란, 웅성웅성, 구시렁구시렁, 여자들의 정겨
운 재담 소리가 들렸다. 햇살이 따가운 여름날, 우리는 집에
있는 재료들을 대충 얼버무려 그야말로 '뚝딱' 점심상을 차
리고 있었다.

　이모들과 엄마, 나와 사촌들이 모여 함께 만든 깻잎장아
찌에는 재료비가 전혀 들어가지 않았다. 그저 외가의 텃밭
에서 아무렇게나 무성히 돋아 있던 깻잎 무더기, 역시 그 텃
밭에서 나온 마늘과 양파와 당근, 할머니가 직접 기르고 말
리고 빻으신 고춧가루, 외가에서 오래 묵은 조선간장, 그리
고 뒷산에서 따 온 알밤이 재료의 전부였다. 그러니 모든 재
료가 '외할머니표'였던 셈이다. 돈은 전혀 들어가지 않았지
만, 그 모든 식재료에는 돈으로 가치를 매길 수 없는 정성이
가득 담겨 있었다. 이모들은 양파와 햇마늘의 껍질을 까내
고, 잘게 채 썰어 간장과 고춧가루에 버무렸고, 나는 그동안
깻잎을 한 장 한 장 따서 소쿠리에 담았다. 누군가는 찌개를
끓이고, 누군가는 쌀을 안쳐 밥을 지었을 터인데, 그런 세밀
한 풍경은 기억나지 않는다. 찌개도 있고 김치도 있고 나물
도 있었던 것 같은데, 내가 가장 선명하게 기억하는 최고의

음식은 바로 우리 모두가 함께 모여 만든 깻잎장아찌였다.

한 잎 한 잎 따낸 지 채 두 시간도 안 된 아삭하고 향기로운 깻잎, 샛노란 알밤의 달콤한 맛과 알싸한 마늘 향, 외할머니표 조선간장과 정신 번쩍 들게 매운 고춧가루까지. 그 모든 것들이 환상적으로 어우러져, 분명 내가 알고 있는 깻잎장아찌가 맞는데도, 그날은 유독 이 세상엔 없는 천상의 맛처럼 달콤하게 느껴졌다. 다른 반찬은 손도 대지 않고 오직 깻잎만 열심히 먹는 나를 향해 이모들은 '짜고 난다'며 다른 것도 좀 먹으라고 손사래를 쳤지만, 나는 오직 깻잎장아찌만으로 밥 한 그릇을 몽땅 다 비웠다. 물론 며칠 더 맛을 들여야 더 깊이 간이 배어들어 잘 익은 깻잎장아찌가 되었겠지만, 나는 오직 그날 그 분위기 속에 먹은 깻잎장아찌가 내 인생 최고의 솔 푸드였다고 기억한다. 모두들 아무렇게나 대청마루에 걸터앉아 지금은 기억도 할 수 없는 허무맹랑한 농담과 부질없는 옛이야기로 웃음꽃을 피우던 그날의 분위기가 마음 깊은 곳에 아로새겨졌다.

나중에 엄마께 부탁해 그와 똑같은 레시피로 다시 깻잎장아찌를 만들어보았지만, 그때 그 맛이 나지 않았다. 정말 맛있긴 하지만 도저히 '그날의 그 맛'을 재현할 수가 없었다. 돌이켜보니 그날의 그 행복은 단지 음식 맛으로만 이루어진 기쁨이 아니었다. 일단 그날의 진정한 안주인이었던 외할머니가 지금은 세상을 떠나신 지 오래다. 날더러 대뜸 "내 딸 괴롭히지 마라!"라고 만나자마자 꿀밤을 먹이시곤 했던, 괴팍하지만 딸 사랑만은 지극하셨던 외할머니는 평생 다른 사람을 보살피고 먹여 살리는 데만 골몰하셨던 분이었다. 그날 모인 그 많은 사람들은 모두 외할머니가 사랑으로 낳고 아픔으로 길러낸 딸들, 그리고 그 딸들이 자라 아픔으로 낳고 사랑으로 기른 손주들이었다. 우리는 이제 옛날처럼 외할머니의 시골집에서 모이지 않게 되었다. 저마다의 바쁨과 엄청난 이동 거리가 핑계인 셈이지만, 진짜 이유는 이제 거기 더 이상 '우리 외할머니'가 계시지 않기 때문일 것이다.

돈은 하나도 들어가지 않았다. 필요한 것은 오직 살아 있는 사람들의 온갖 정성과 서로를 힘들게 하지 않을 정도의 가벼운 품앗이뿐. 작열하던 햇살, 솔숲을 헤집는 바람 소리, 이모들과 엄마의 까르르 웃음소리, 그 모든 것들을 한데 모아 '가상의 깻잎 비빔밥'을 만들 수만 있다면, 얼마를 주고라도 기꺼이 살 수 있을 텐데. 그날의 깻잎장아찌는 다시 돌아갈 수 없는 시간에 대한 그리움과 어우러져 내게 잊을 수 없는 추억의 솔 푸드가 되었다. 오직 필요한 것은 사랑뿐인데, 오직 필요한 것은 정성뿐인데, 그 사랑과 그 정성을 모으기가 왜 이토록 어려워진 것일까.

맛있는 음식의 진짜 비밀은 무엇일까. 영국의 소설가 마거릿 케네디는 이것저것 재료를 넣고 오래오래 끓이는 수프가 '가족'의 모습을 닮았다고 이야기했다. 수프는 찌개처럼 여러 가지 재료를 넣고 뭉근히 끓여내야 제맛이다. 생각해보니 서양의 수프와 한국의 찌개, 그리고 가족은 정말 닮은 점이 많다. 수프와 찌개와 가족의 닮은 점 세 가지. 첫째, 모든 재료들이 한데 모여서 서로의 맛을 끌어올려 준다. 감자 따로 양파 따로 된장 따로는 별맛이 없지만, 그 세 가지를 함께 넣고 끓이면 얼마나 맛있는 된장찌개가 되는가. 둘째, 모든 재료들이 각각 그 나름의 향기와 맛을 가지고 있다. 수프와 찌개, 가족 모두가 제각각의 향기와 개성을 가지고 있지만, 한데 모여 비로소 '혼자가 아닌, 더 커다란 무언가'를 이룬다. 셋째, 제대로 된 '무언가'가 되려면 시간이 필요하다. 그들 모두가 최고의 향기와 맛을 내려면. 가족도 수프도 찌개도 한데 모임을 통해 최고의 맛을 끌어내려면 '오랜 시간'

의 향기를 필요로 한다. 돌이켜보면 기억에 남는 모든 맛깔
스러운 음식에는 누군가와 함께해온 오랜 '시간의 향기'가
아로새겨져 있다. 무릇 진정으로 맛있는 음식에는, 그 사람
이 꼭 이 자리에 있어야만 비로소 완전해지는, 그 음식의 맛
과 그 사람의 영혼이 어우러져 만들어내는, 복제 불가능한
아우라가 담겨 있다.

눈앞의
바로
이곳을
천국으로
만들라

사람은 언젠가 세상을 떠나지만, 장소는 오래오래 그 자
리에 머물러 있다. 지구의 종말이 다가오지 않는 한, 우리가
사랑한 장소들은 그 건물이나 사물의 배치가 달라질 뿐, 언
제나 그 자리에 있을 것이다. 언젠가부터 나는 카메라나 글
쓰기보다 '장소'야말로 최고의 기억 저장소라고 생각하기
시작했다. 카메라는 그때 그 순간만의 이미지를 포착하고,
글쓰기는 그때그때 한 사람이 기억하고 느낀 것만을 기록할
수 있지만, 장소는 수많은 사람의 크고 작은 이야기, 셀 수
없는 시간, 기록된 줄도 몰랐던 온갖 움직임까지 저장한다.
수만 년 전 한반도를 걷던 공룡의 발자국이 발견되기도 하
고, 수백 년 전 한 남자를 사랑해 자기 머리카락으로 짚신을
삼은 여인의 편지가 뒤늦게 발견되기도 한다. 장소는 인간
의 기술력으로는 도저히 따라갈 수 없는 무제한의 기억 저

장고다. 장소는 다만 무심하게, 다만 끊임없이, 자신을 스쳐 간 모든 존재의 움직임과 표정과 목소리와 감정을 차곡차곡 제 몸 곳곳에 아로새겨둔다.

나는 불특정 다수의 수많은 삶의 기록이 새겨진 장소들도 좋아하지만, 한 사람의 인생이 진하게 묻어나는 장소를 더 좋아한다. 그곳에 가면, 그가 이 세상에 없어도 그 사람의 숨결을 느낄 수 있기 때문이다. 최근에 가본 장소 중에서는 모네의 정원이 있는 지베르니Giverny가 그랬다. 파리에서 자동차를 타고 가면 1시간가량밖에 안 걸리는 거리에, 모네가 수련 연작은 물론 수많은 걸작을 그려낸 그 '물의 정원'과 '꽃의 정원'이 있는 집이 고스란히 보존돼 있다. 모네가 이사 가기 전엔 겨우 300명이 살던 작은 마을이었지만, 지금은 모네를 사랑하는 전 세계 관광객이 한 해 수백만 명씩 찾아오는 명소가 됐다.

『모네가 사랑한 정원』은 가히 '모네가 아끼고 사랑한 모든 것'이라 불러도 손색없을 만큼, 모네가 6명의 정원사를 고용해 평생 애지중지 가꾼 거대한 정원, 그리고 그 집을 찾아온 수많은 화가와 평론가, 기자들의 이야기를 담았다. 화

가가 살던 집에 얽힌 수많은 이야기를 담담하게 그려내는
것만으로도, 클로드 모네의 인생뿐 아니라 그 시대 화단과
예술가들의 독특한 면면을 구석구석 엿볼 수 있다. 몇 장씩
넘길 때마다 모네의 그림들은 물론 '지베르니 학파'라고 불
릴 만한 여러 화가의 작품이 함께 눈을 즐겁게 해 지베르니
정원 속에서 미술관을 관람하는 듯한 행복한 착시를 느끼게
해준다.

　장소와 인간 사이에도 궁합이 있다면 지베르니는 모네와
환상의 궁합을 이룬 곳이다. 예술가들을 괴롭히는 것은 크
게 두 가지다. 첫째, 먹고사는 문제. 둘째, 비평이나 언론의
입김을 비롯한 수많은 비난이나 질시의 시선. 모네도 이 두
가지에서 자유롭지 못했다. 하지만 모네는 누구보다도 이
문제를 지혜롭게 풀어냈다. 돈을 벌기 위해 다른 일을 하기
보다는 자신이 사랑하는 그림 그 자체를 통해 돈을 버는 데
성공했고, 수많은 비평과 뜬소문에 시달렸지만 아랑곳하지
않고 자기만의 길을 꿋꿋이 걸어갔다.

　그렇다고 극단적으로 폐쇄적인 삶을 산 것도 아니다. 모
네는 정기적으로 화가들의 모임에 참석했고, 지베르니에 정

착하기 전까지는 스케치 여행도 많이 다녔다. 하지만 당시로서는 한적한 시골이나 다름없던 지베르니에 집과 작업실과 정원을 모두 결합한 형태의 거주 공간을 만들고 나서는 굳이 파리에 갈 필요가 없어졌다. 기자와 비평가들은 모네의 정원에 앞다퉈 드나들며 창작의 비밀을 캐내기에 바빴고, 프랑스뿐 아니라 미국에서까지 수많은 화가가 모네의 정원을 찾아와 문을 두드렸다. 모네 또한 다른 유명 화가와 마찬가지로 온갖 비평에 시달렸다. 모네가 비로소 어떤 경지에 다다른 뒤 그린 수련이나 정원 그림보다는 루앙 대성당을 그린 예전 작품들이 훨씬 낫다고 하는 사람까지 있었다. 하지만 모네는 신경 쓰지 않았다. 그에게 정원을 가꾸고, 그림을 그리고, 가족과 함께하는 시간보다 더 소중한 것은 없었으니까.

정원사가 있었지만 그는 직접 꽃씨와 모종을 고르고, 구입하고, 심고 가꾸는 일까지 했으며, 정원과 조경에 관련된 수많은 책자를 탐독하느라 많은 시간을 보내기도 했다. 처음에는 그저 아무렇게나 자라난 풀들로 가득하던 정원이 몇 년이 지나자 온갖 꽃이 피어나 빛의 향연을 벌이는 지상의 낙원으로 변했고, 처음에는 그저 '관상용'으로 심은 수련

이 모네에게 최고의 오브제가 됐다. 도시와 바다, 가족의 모
습을 많이 그리던 젊은 시절과 달리 모네는 지베르니에 정
착하면서 정원 그 자체만으로도 천변만화한 오브제가 될 수
있음을 깨달았다. 더 이상 멀리 스케치 여행을 떠날 필요도
없이, 날씨의 변화에도 영향을 최대한 덜 받으면서, 모네는
그림 그리기 그 자체에 집중하게 됐다.

 『모네가 사랑한 정원』에는 일본 풍경화를 공부하면서 자
연과 좀 더 깊은 소통을 추구한 모네의 이야기가 등장한다.
모네는 가쓰시카 호쿠사이를 비롯한 일본의 예술 작품을 연
구하면서 단지 그 정적인 아름다움을 모방하기보다는 일본
풍경화의 본질이라 할 수 있는 자연과의 더욱 깊고 본능적
인 관계를 꿈꿨다고 한다. 일본식 다리를 그린 모네의 그림
에 스민 '뭔가 은밀하고 배타적인 속성'에 의문을 품은 평론
가들도 있었다. 하지만 모네는 그런 부정적인 평가를 항상
'그림' 그 자체로 극복해냈다. 모네가 그린 일본식 다리를 보
고 있으면, '이쪽 세계'와 '저쪽 세계'를 잇는 것이 그리 어렵
지만은 않은 일처럼 느껴진다. 저 작고 아름다운 다리만 건
너가면, 저 세계를 향한 문이 열릴 것만 같다. 그곳은 어쩌면
익숙한 시간과 평범한 언어로는 표현할 수 없는 세계, 인간

의 힘으로 닿을 수 없는 신비의 세계일지도 모른다는 달콤
한 상상이 샘솟아 오른다.

 생각하는 대로 그리지 말고 보이는 대로 그리기가 모네
화풍의 핵심이었다. "야외에서 그림을 그릴 때는 그 앞에 있
는 것이 집이든 사람이든 나무이든 그것을 잊어라. 눈앞에
무슨 대상이 있는지 잊어라. 그저 여기에 푸른 정사각형이
있다. 여기에 분홍 직사각형이 있다. 이렇게 생각하고 '보이
는 대로' 그림을 그려보라"라고 했다. 벚꽃을 바라볼 때도 그
것이 벚꽃임을 잊어버리고, 장미를 바라볼 때도 그것이 장
미라는 관념을 잊어버리는 것. 그 망각의 자유에서 모네의
눈부신 자유로움이 탄생했다. 고정관념에서 벗어나 오직
'내 눈'과 눈앞의 형상에 집중하는 모네의 그림이야말로 우
리에게 어떤 눈부신 영감을 선물하는 것 같다. 모네의 그림
을 보고 있으면 내게는 이런 속삭임이 들리는 듯하다. 삶이
이러이러해야 한다는, 미래가 이러이러해야 한다는 관념에
서 벗어나 보라. 지금 눈앞에 보이는 바로 이 장소를 천국으
로 만들어내는 것, 그것은 우선 나 자신의 감각, 지금 이곳의
소중함, 지금 내 곁의 존재들을 믿고, 사랑하고, 받아들이는
것이다.

나를
사랑하지 않는
나에게
해주고
싶은 말

　여행은 내게 삶을 아프게 찌르는 그 무엇들과 작별하는 법을 알려주었다. 우리 삶을 아프게 찌르는 마음의 가시 중 가장 대표적인 것은 '타인의 오해'다. 내 의도가 제대로 전달되지 않았을 때, '나'라는 존재 자체에 대해 우호적이지 않은 사람들 속에 둘러싸여 있을 때, 우리는 필연적으로 깊은 외로움과 소외감을 느낀다. 어쩌면 살아간다는 것은 수많은 오해의 가능성 속에 나를 던지는 일이다. 사람들은 언제든 타인을 오해할 준비가 되어 있다. 자신의 의도와 감정에 비추어 타인을 이해하는 오래된 생각의 습관에서 벗어나기 어렵기 때문이다. 그 사람을 '내 마음의 눈에 비친 모습'이 아니라 '있는 그대로' 바라보는 냉철한 시선을 얻기란 쉬운 일이 아니다. 수많은 사람들의 오해 속에 둘러싸여 있다는 소외감이 들 때면, 나는 관계 속으로 깊이 들어가 오해를 풀 방안

을 궁리하기보다는 머리를 식히러 짧은 여행이라도 떠나게
된다. 이리저리 궁리할수록 오히려 관계가 더 나빠질 때가
많았기 때문이다. 결국엔 뭔가 내게 소중한 것들을 내려놓
아야 문제가 해결되는데, 무엇부터 어떻게 내려놓아야 할지
알 수 없을 때 나는 여행이라는 마음의 처방을 내리곤 했다.

　처음 유럽 여행을 시작했을 때, 나는 '내가 잘 모르는 나'
에 대해 생각해보게 되었다. 집과 학교를 오가며 시계처럼
반복되는 일상을 살았던 나는 그것이 그리 큰 문제라고도
생각하지 않았다. 그런데 어느 순간 거대한 장벽에 부딪힌
느낌이 들었다. '여기서 한 발짝도 더 나갈 수 없다'는 무력
감, '나는 왜 이것밖에 안 되는 존재일까' 하는 아픈 물음이
마음을 옥죄어왔다. 그때 한 번도 외국에서 오랜 시간을 지
내본 적이 없는 '집순이'로 살아온 나로서는 커다란 용기를
내어 배낭여행을 떠났고, 그 낯선 생활이 정말 뜻밖에도 나
에게 꼭 필요한 자극이었음을 알게 되었다. 한식 이외의 음
식은 그리 좋아하지 않았던 내가 샌드위치 하나로 점심을
해결하고, 피자 한 조각으로 저녁을 대신하는 것에 전혀 불
편을 느끼지 않는다는 것을 알게 되었다. 보고 싶은 것, 새로
알고 싶은 것, 꼭 가고 싶은 곳이 너무 많았기 때문에, 천천

히 앉아 제대로 된 요리를 먹을 시간이 없었던 것이다. 파리, 런던, 로마를 비롯해, 베를린, 마드리드, 세비야, 바르셀로나, 베니스 등 유럽의 아름다운 도시들을 찾아갔던 그 모든 여행은 곧 나를 향한 내면의 여행이기도 했다.

여행을 시작하기 전 나는 '나를 사랑하는 방법'을 제대로 알지 못했다. 자존감은 바닥을 드러냈고, 나 자신을 믿고 사랑하는 마음 자체가 부족했다. 나는 '어떻게 하면 다른 사람들의 눈 밖에 나지 않을까', '어떻게 하면 더 많은 사람들의 인정을 받을까'를 고민하며 그 푸르른 젊은 날을 우울한 잿빛으로 물들이고 있었고, 내 마음속에서는 '이제 그런 끝없는 인정 투쟁은 그만'이라고 외치고 있었던 것이다. 간단한 영어 회화 말고는 제대로 된 의사소통을 할 수도 없는 상황에서, 나는 이상하게도 평소보다 오히려 더 자유롭고 행복한 느낌에 사로잡혔다. 타인의 시선으로부터 자유롭다는 느낌, 그것은 처음 느껴보는 자유였다. 부모의 시선, 교사의 시선, 또래 집단의 시선, 사회의 시선, 국가의 시선, 미디어의 시선에 길들여진 우리의 신체는 삶을 있는 그대로 투명하게 바라보는 눈을 잃어버린 것이 아닐까. 여행지에서는 누군가 나에게 기대를 하지 않기에, 즉 나는 그저 잠시 스쳐가는 여행자이기에 누구도 나에게 많은 것을 요구하지 않았다. 여행지에서는 누군가의 인정을 받을 필요도 없고, 누군가의 오해 속에서 가슴앓이할 필요도 없었다. 바로 그런 관계의 속박으로부터의 자유가 내가 진정으로 필요로 하던 마음 챙김이었음을 첫 번째 유럽 여행을 통해 깨달았다. 십여 년 전에는 전화도 이메일도 외국에서는 거의 사용하지 않았기 때문에 더 완벽한 해방감을 누릴 수 있었다.

머나먼 여행을 떠나면서 나는 '사람들이 나에 대해 생각하는 것들'로부터 냉정한 거리를 두는 법을 배웠다. 삶의 익숙한 공간에서 멀리 떨어져 지내보는 것은 '내가 바라보는 나'와 '타인이 바라보는 나'의 거리감을 알게 해준다. 특히 외국으로 나가면 평소처럼 전화 한 통만으로 쉽게 의사를 전달할 수가 없어지니 메일 한 통에도, 전화 한 통에도 신중해지게 된다. 시차가 큰 곳일수록 통화는 어려워지고 통화요금도 비싸지니 되도록 연락은 줄일 수밖에 없다. 직접 연락해서 이런저런 '대화'를 하는 대신에 '침묵' 속에서 그 사람과의 관계를 침착하게 되돌아볼 수 있게 된다. 그러면서 저절로 깨닫게 된다. '이것도 잘 하고 싶고, 저것도 잘 하고 싶다', '이 사람과도 좋은 관계를 유지하고 싶고, 저 사람과도

잘 지내고 싶다'라는 욕심이 오히려 인간관계를 망칠 수도
있음을.

　　잃어버린 자존감을 되찾고, 나 자신을 좀 더 편안하게 사
랑하기 위해서 나는 '모든 것을 다 잘 해내야 한다'는 생각을
내려놓아야 했다. 사람들이 요구하는 일들을 모두 다 잘 해
낼 수는 없었다. 내가 의무감 때문에 놓지 못하는 일들 중에
는 '내가 원하는 인생'과 전혀 어울리지 않는 엉뚱한 업무들
도 많았다. 자존감을 회복한다는 것은 단지 '더 멋진 나, 더
대단한 나'를 만드는 것이 아니라, '지금 있는 그대로의 나'
를 증오하지 않는 법을 배우는 것이었다. 여행지에서 주변
사람들과 뚝 떨어져 홀로 있는 나를 돌아다보니, 내가 나를
미워하는 가장 큰 이유는 나 자신에게 솔직하지 못하기 때
문이었다. 싫어도 '좋다'고 말하고, 괜찮지 않아도 '괜찮다'고
말하고, 그 일을 하고 싶지 않은데도 '하겠다'고 말해온 나.
타인의 시선 속에서 좀 더 '좋은 사람'이 되기 위해 나는 '나
자신을 위해 진정으로 좋은 사람'이 되는 길을 저버리고 있
었다. 잃어버린 나를 되찾기 위해서는, '새로운 나'를 만들어
갈 필요가 있었다. 거절을 하면서도 걱정하지 않는 나, 타인
에게 솔직하게 의견을 말하면서도 주눅 들지 않는 나, 부정

적인 의견일지라도 정직하게 표현할 줄 아는 나를 조금씩
만들어가야 했다.

그 길은 결코 순탄치 않았지만, 조금씩 '진짜 나'를 알아가
는 일은 생각보다 훨씬 짜릿한 일이었다. 예컨대 부모님께
정직해지는 것은 가장 어렵지만, 가장 중요한 '자기와의 대
면'을 위해 꼭 필요한 일이다. 부모님이 자식에게 요구하는
성공과 출세의 길을 "나는 걷지 못하겠다"라고 고백하는 순
간, 부모님의 당황스러워하는 표정과 배신감 어린 눈빛을
확인하는 순간. 나는 고통스러웠지만 처음으로 '진짜 나 자
신'이 된 느낌이었다. 부모님이 원하시는 '안정된 직장'이 아
니라 '불안한 작가'의 길을 걷겠다고 결심한 순간. 나는 거대
한 모래사막 위에 홀로 선 기분이었지만 그것이 진짜 자유
를 얻은 자의 눈부신 희열임을 직감했다. 자유의 향기는 달
콤하고 기름진 것이 아니라 투명하고 담백한 것이었다. 이
미 '내가 원하는 이 삶'으로 충분히 만족하기에 다른 자극적
인 것들을 원하지 않게 되었다. 그 이후 나는 누구에게나 내
의견을 정직하게 말하는 것이 자존감을 회복하는 길임을 깨
달았다. 부모님과의 관계도 오히려 전보다 훨씬 좋아졌고,
나이 차이가 많이 나는 선배들이나 선생님들께도 솔직히 내

의견을 말하니 서로를 향한 불편함과 어색함이 줄어들었다.
솔직한 나, 내 의견을 당당히 말하는 나를 싫어하는 사람은
생각보다 많지 않았다. 오히려 당찬 내 모습, 나를 사랑하는
내 모습이 나뿐만 아니라 주변 사람들의 마음도 환하게 밝
혀줄 때가 많았다.

　나를 사랑한다는 것, 그것은 내가 지켜야 할 내 주변의 세
계를 사랑하는 것과 연결되어 있는 감정이다. 지켜야 할 것,
아껴주어야 할 것이 곁에 있을 때 우리는 더욱 강인해진다.
내가 사랑하는 일, 내가 아껴주어야 할 사람들, 그리고 내가
지켜주어야 할 나 자신의 모습을 '커다란 하나'로서 인식할
때 우리는 '도대체 어떻게 살아야 할지 모르겠다'는 불안감
으로부터 해방될 수 있다. 여행을 통해 나는 '낯선 곳에서도
얼마든지 잘 견디는 나', '낯선 장소에서 오히려 나 자신의 진
정한 모습과 대면하는 나'를 발견했다. 여행에서 얻은 그 소
중한 발견의 힘을 일상 속에서 녹여내는 것. 그것은 단지 '나
자신에 대한 사랑'이나 '자존감'의 문제를 넘어, 삶을 사랑하
는 따뜻한 눈을 가지는 것, 나아가 세상을 사랑하는 뜨거운
열정을 품어 안는 것이다.

행복한 척,
착한 척,
괜찮은 척하지
않기

마음과 다른 행동, 가식적인 말, 억지로 하는 일들은 모두 언젠가 그 진실을 드러냅니다. 작은 틈만 있으면 되죠. 그 틈새로 튀어나오는 것들을 분석하는 일이 바로 정신분석입니다.

— **김서영, 『프로이트의 환자들』, 프로네시스, 2010, 69쪽.**

사회생활을 잘하는 것은 정신 건강에 좋은 것일까. 구김살 없는 성격은 정말 건강한 것일까. 우울과 불안이 느껴질 때마다 '나는 괜찮아'라고 스스로에게 우격다짐하는 것은 정말 괜찮은 것일까. 이 모든 것이 '의식의 가면'이라는 것을 우리는 자주 잊고 산다. 직장에서 버텨내기 위해, 사회생활에서 모난 사람으로 보이지 않기 위해 우리는 자신도 모르

게 다채로운 가면을 바꾸어 쓰고 살아가니까. 그러는 동안
우리의 무의식은 자꾸만 달아날 틈새를 찾는다. 그렇게 행
복한 척, 괜찮은 척하는 것은 진짜 너 자신이 아니잖아. 너도
할 말이 있잖아. 용감히 나서서 부당함을 비판해야지. 하지
만 사람들 앞에서는 좀처럼 의식의 가면이 완전히 벗겨지지
않는다. 그런데 억압된 것은 반드시 귀환한다. 짓눌린 감정,
꺼내지 못한 말, 표현하지 못한 행동은 언젠가는 '증상'이 되
어 되돌아온다. 뼈 있는 농담 속에, 스스로도 통제하지 못하
는 실수 속에, 그리고 마침내 마그마처럼 폭발하는 분노를
통해.

    김서영의 『프로이트의 환자들』은 '무의식의 목소리를 듣
는 법'을 훈련함으로써 이런 의식과 무의식의 분열을 극복
하는 방안을 제시한다. 저자는 '프로이트는 모든 것을 성적
인 문제로 환원한다'는 프로이트 비판론에 정면으로 맞서면
서, 프로이트식 정신분석이 여전히 유효함을 수많은 사례들
을 통해 증명하고자 한다. 저자는 프로이트 전집 중에서 인
간 무의식의 탐구에 가장 도움이 될 만한 구체적인 사례들
을 모아, '백만 인을 위한 정신분석'에 도전한다. 아픈 사람,
심각한 증상을 보이는 사람, 정신과 치료를 받고 있는 사람

들만을 위한 정신분석이 아니라 건강해 보이는 사람, 전혀 문제가 없어 보이는 사람을 위해서도 정신분석은 커다란 도움이 된다.

　그렇다면 과연 심리적으로 건강한 상태로 회복된다는 것은 무엇을 의미할까. 저자는 프로이트의 「여성 동성애자의 심리기제」(1920) 속 정신분석에 관한 설명을 언급하며, "어떤 남편이 아내를 데리고 와서 '선생님, 제 아내가 신경증을 앓고 있는 것 같습니다. 저희는 별로 행복하지 않아요. 제발 제 아내를 고쳐주셔서 저희가 다시 행복하게 살 수 있도록 도와주세요'라고 말한다면 그는 정신분석이 무엇인지 모르는 사람"(22~23쪽.)이라고 이야기한다. 프로이트는 그의 아내가 분석을 통해 주체적인 사람이 된 뒤에는 십중팔구 남편을 떠나게 될 거라고 생각한다. 부모들이 우리 아이가 말을 지독하게 듣지 않는다고, 제발 좀 '건강하게, 말 잘 듣게' 고쳐달라고 한다면, 그 또한 정신분석 본연의 입장과는 다른 것이다. 부모가 생각하는 아이의 '건강'이 때로는 폭압적으로 아이들을 길들인다는 것이다. 부모들에게 정신적으로 건강한 아이란 '말 잘 듣는 아이', '순종적인 아이'인 경우가 많기 때문이다. 그렇다면 정신분석에서 말하는 건강이란

'행복한 인간'이라기보다는 주체적인 인간, 책임지는 인간, 자신의 부족함도 장점도 차별 없이 있는 그대로 받아들이는 사람이라는 의미에 가깝다. 항상 밝은 표정을 짓는 인간이나 순종적인 인간, 현재에 만족하는 인간이 결코 '건강하다'고 볼 수는 없는 셈이다. 불안이나 우울을 느끼더라도 그 감정을 있는 그대로 받아들이고 때로는 그 감정 속에 빠져볼 수도 있는 사람, 그 감정에 '솔직한 사람'이야말로 정신적으로는 더욱 건강한 셈이다.

저자는 그런 의미에서 프로이트식 정신분석의 매력을 '사소한 일'에서 아주 중요한 메시지를 찾아내는 힘이라고 설명한다. "모두들 사소한 일이라 부르는 일상의 이야기를 정신분석은 이 세상에서 가장 중요한 사건으로 존중합니다. 모든 감정, 모든 실수, 모든 기억을 소중히 감싸는 학문이 바로 정신분석입니다. 정신분석은 나, 너, 우리를 이해하기 위한 필수 도구입니다. (…) 정신분석은 매 순간 우리와 함께하며 우리가 미처 보지 못했던 세상 여기저기를 가리키는 손가락이 되어야 합니다. 바로 이것이 꿈, 증상, 실수들의 분석을 통해 프로이트가 궁극적으로 꿈꾸었던 세상입니다."(24쪽.) 아픈 사람들을 위한 즉각적인 치료 도구로서의 정신분

석보다는 모든 사람들의 의식구조를 궁극적으로 해명할 수
있는 정신분석, 아프지 않아 보이는 사람의 문제도 찾아내
어 근본적인 정신의 건강을 회복할 수 있게 만드는 정신분
석의 힘이야말로 프로이트의 담론이 여전히 힘을 발휘하는
지점이다.

　저자는 의식과 무의식의 차이, 의식의 통제대로 말을 듣
지 않는 무의식의 반란이야말로 단지 고쳐야 할 증상이 아
니라 '자유'를 찾아가는 과정임을 강조한다. "무의식은 의식
과는 다른 이야기를 들려줍니다. 의식이 행복과 사랑과 기
쁨에 대해 이야기할 때 무의식은 그 반대의 이야기를 하고
있는 경우가 있습니다. 내가 생각할 때 나는 정말 효녀인데,
무의식은 어느 순간 내가 그렇지 않다는 증거를 제시합니
다. 나는 이 사람을 정말 사랑하는데, 무의식적 실수들은 내
가 이 사람을 떠나고 싶어 한다는 사실을 드러냅니다. 무의
식의 진실은 의식의 일관성을 깨뜨립니다. 하지만 의식의
일관성이 깨질 때 우리는 자유로워집니다."(25~26쪽.) 더 이
상 착한 척, 행복한 척, 기쁜 척을 할 필요가 없어지는 상태.
스스로에게 거짓말을 하며 '나는 괜찮다'고 다짐할 필요가
없어지는 상태. 그것이 정신분석이 추구하는 자유로운 주체

되기의 첫걸음이다.

  정신분석에서 '증상'은 환자들의 도피처일 때가 많다. 환자들이 때로는 자신의 이상 징후 치료하기를 거부하고, 증상 자체를 사랑하는 것처럼 보이는 이유는 그런 증상을 통해 '얻는 것'이 있기 때문이다. 외출을 싫어하는 남편이 아내가 외출을 하자고만 하면 갑작스레 천식이 도진다든가, 시험 공포를 느끼는 학생이 시험 때가 되면 정말로 장염에 시달리는 것은 '증상'을 통해 위기 상황으로부터 도피하고자하는 환자의 무의식이 작용하기 때문이다. 우리는 그 증상에 차분히 귀 기울임으로써 치유를 향한 첫걸음을 시작할수 있다. 무의식의 목소리를 부정하고 그저 모든 것을 통제하고 조절하고자 하면, 그것이 곧 불행의 시작이다. 증상 속에는 고통만 있는 것이 아니라 '치유의 열쇠'가 들어 있다.

  예컨대 프로이트는 한 남자가 시도 때도 없이 "마리아!"라고 외치는 틱 증상을 보이자, 정신분석을 통해 다음과 같은 결론에 이른다. 환자는 학창 시절 마리아라는 소녀를 좋아하여 항상 마음속으로 '마리아'라는 이름을 되뇌곤 했다. 그런데 어느 날 수업 도중 이 이름을 큰 소리로 외치는 증상이

나타났다. 이러한 틱 증상은 몇십 년이 지나 그녀를 더 이상
사랑하지 않게 된 뒤에도 지속된다. 지나치게 억압하려 했
기에, 과도하게 통제하려 했기에 오히려 '마리아'라는 짓눌
린 이름은 틱이라는 증상 또는 실수를 통해 무의식의 고통
을 드러낸 것이다. "피해야겠다는 생각을 수백 번 다시 해도
무의식이 그쪽으로 방향을 잡고 있다면 전속력으로 도망치
다 제일 마지막에 도달하는 곳이 바로 내가 피해 달아난 그
사람 또는 그것이 된다."(93~94쪽.)

이렇듯 마음속 이야기는 '증상'이라는 무기로 우리의 신
체를 공격한다. 정신분석의 키워드는 '인정'이다. 그것이 아
무리 견디기 힘든 고통일지라도, 온몸으로 받아들이는 것.
'그 사람만 없었어도 내가 이렇게 되지 않았을 텐데'라면서
불행의 원인을 남의 탓으로 돌리는 것이 아니라, 분명 나에
게 선택권이 있었음에도 용감해질 기회, 진정한 나 자신이
될 기회를 놓쳐버리는 것. 거기서 우리의 슬픔이 시작된 것
이다. 타인이 내 삶을 쥐락펴락한다고 느낀다면, 그 사람이
그렇게 하도록 내버려둔 나 자신에게도 책임이 있다. 그리
고 그 누구도 아닌 나 자신이 나를 보듬고 쓰다듬기 시작해
야만 치유는 가능하다. "세상과의 싸움이 가능해진 상태, 정

신분석은 그것을 치유라고 부릅니다."(30쪽.) 치유는 '행복한 상태'로 곧바로 나아가는 것이라기보다는 '행복을 스스로 쟁취할 수 있는 용기'를 가지는 상태에 가깝다. '행복한 사람'이 되게 만든다기보다는 '주체적인 사람'이 되도록 만드는 것이 정신분석의 진정한 목적이다. 착한 척, 기쁜 척, 행복한 척하지 않기. 바로 그 솔직한 받아들임에서 진정한 치유는 시작된다.

사라진
골목길이
그리워질
때

최근 카페나 음식점이 좀 뜬다 하면 골목 전체의 임대료
가 올라 원주민이 오히려 이 구역 밖으로 내몰리는 젠트리
피케이션gentrification 현상이 사회적 문제가 되고 있다. 커다
란 신식 건물이 속속 들어서면서 사라지는 것은 단지 정겨
운 옛 건물과 오밀조밀한 상점만이 아니다. 젠트리피케이션
은 아파트 숲으로 인해 점점 사라져가는 골목길의 정서를
빼앗아간다. 땅따먹기, 무궁화꽃이 피었습니다, 말뚝박기,
공기놀이를 하는 아이를 볼 수 없게 된 지 오래다. 사람 사는
냄새를 물씬 풍겼던 가회동 골목길에선 이제 뛰노는 아이를
찾아보는 것 자체가 어려워졌다.

내게 골목길 하면 가장 먼저 떠오르는 시는 신경림의 「가
난한 사랑노래」다. 단발머리 중학생 시절 나는 이 시를 읽으

며 슬픔과 기쁨이 묘하게 뒤얽힌 벅찬 떨림을 맛봤다. "가난 하다고 해서 외로움을 모르겠는가 / 너와 헤어져 돌아오는 / 눈 쌓인 골목길에 새파랗게 달빛이 쏟아지는데." 누군가와 헤어져 돌아오는 골목길의 뼈아픈 외로움마저도, 우리가 잃 어버린 오래된 골목길의 정서라는 것을 이제야 알 것 같다. 사랑도 가난도 외로움도 모르던 시절, 나는 이 시를 통해 그 모든 아픔을 한꺼번에 이해했다. "가난하다고 해서 사랑을 모르겠는가 / 내 볼에 와 닿던 네 입술의 뜨거움 / 사랑한다 고 사랑한다고 속삭이던 네 숨결 / 돌아서는 내 등뒤에 터지 던 네 울음. / 가난하다고 해서 왜 모르겠는가 / 가난하기 때 문에 이것들을 / 이 모든 것들을 버려야 한다는 것을." 나는 이 시를 통해 한꺼번에 깨달았다. 누군가를 사랑한다는 것 은 그로 인해 느끼게 된 모든 기쁨과 행복을 단숨에 잃어버 릴 위험을 감수하는 일임을. 화려한 고층 아파트나 대로변 이 아닌 후미진 골목길에서 느끼는 삶의 추위마저도, 이제 는 가슴 시린 노스탤지어의 대상이 돼버렸다.

　　최근엔 수필가 고임순의 「골목길」을 통해 잃어버린 골목 길의 노스탤지어를 되새겨봤다. 그는 흙먼지 부옇게 일던 신작로, 돌부리에 넘어져 무릎을 깨고 울던 골목길, 납작한

초가지붕이 이어진 산동네 후미진 언덕길이 자신을 키워준
정겨운 요람임을 기억한다. 구불거려서 끝이 보이지 않아
더욱 궁금한 골목길, 뚜렷한 목표를 향하기보다는 두리번두
리번 해찰하면서 다녀야 제맛인 골목길. 그곳에서는 저 길
끝의 보이지 않는 무언가가 항상 나를 부르는 느낌을 가질
수가 있었다. 강 건너 학교가 징검다리로 나를 부르는가 하
면, 산동네 숙이네 사립문이 오솔길로 나를 불렀고, 가로수
이어진 신작로가 도시로 나를 불렀다.

　한동네에 사는 인연으로 만나 풋사랑을 키워가던 연인과
결혼에 골인하게 해준 것도 골목길의 힘이었으며, 아이들이
공을 차며 뛰놀고 시어머니께서 동네 어르신들과 담 그늘에
서 담소하시던 곳, 밤늦게 귀가하는 남편을 희미한 가로등
불 아래서 하루살이를 쫓으며 기다리던 그곳도 골목길이었
다. 하룻밤 주무시고 가시라는 딸의 부탁을 한사코 거절하
고 또 오마, 하시며 지팡이를 짚고 휘청휘청 사라지신 부모
님의 마지막 뒷모습도 골목길의 한 서린 추억이었으니. 도
시의 구불구불한 골목길은 삭막한 빌딩 숲 속에서도 사람들
웃음소리와 이웃의 곰살궂은 정이 아직은 남아 있던, 고향
을 잃은 모든 현대인의 마음속 오아시스가 아닐까.

나보다
더
나를
잘 아는
사물들

어릴 때는 '인간으로 태어난 것이 가장 큰 행복'이라고 배웠다. 나 또한 그런 줄 알았다. 동식물이나 물건으로 태어나지 않고 걷고 뛰고 말하고 노래할 수 있는 인간으로 태어난 것이 최고의 축복이라고 믿었다. 하지만 시간이 지날수록 인간은 만물의 영장이란 말을 의심하게 됐다. 게다가 나이가 들수록 '네가 우리보다 낫구나', '그들이 우리보다 훨씬 탁월하구나'라고 느낄 때가 있다. 인간은 살아가는 데 너무 많은 것을 요구하게 됐다. 문명사회의 인간은 그 어떤 생물보다도 많은 물건을 소유하고, 사용하고, 파괴하지만 그 어떤 생물과도 진정한 관계를 맺지 못하게 됐다.

천차만별의 음식물은 물론 옷과 집까지, 모두 세상을 떠날 때는 가지고 갈 수 없는 것들이다. 하지만 동식물은 다르다. 동물은 태어날 때나 세상을 떠날 때나 옷도 집도 세간도 필요 없다. 식물은 더욱 몸이 가볍다. 하늘에서 내리는 비와 햇빛만으로도 수백 년, 수천 년을 살아낸다. 사물들은 더더욱 강인한 체력으로 시간의 강력한 하중을 견뎌낸다. 바위들은 수천수만 년의 세월 동안 비바람의 습격을 이겨내며 고요히 그 자리를 지킨다. 영롱한 빛을 뿜어내는 보석 또한 인간이 제멋대로 매기는 가격은 매일매일 바뀔지라도 이에 아랑곳 않고 영겁의 시간 동안 저만의 빛깔을 뿜어낸다.

하지만 사물이 지닌 진짜 매력은 단지 그들이 시간의 풍화작용을 인간보다 잘 이겨내기 때문만은 아니다. 오히려 인간으로서 우리가 느낄 수 있는 사물의 매력은 '사물과 인간의 관계 맺음'에서 우러나온다. 어쩔 수 없이 인간의 굴레를 벗어나지 못하는 우리는 '인간과 사물의 관계'를 통해서 사물의 통역 불가능한 목소리를 제한적으로나마 들을 수 있다.

『시인의 사물들』은 사물을 바라보고 만지고 음미하며 사물과 더 깊은 관계를 맺고자 하는 시인의 합창을 담았다. 시인은 속삭인다. "사물은 인간의 언어 감옥에 갇힌 수인들"이

라고. 사람들이 사물을 구입하고, 소비하고, 무심결에 지나
치고, 별 뜻 없이 괴롭히는 동안, 시인은 사물에 깊이 침잠한
영혼의 속삭임을 들으려 안간힘을 쓴다. 현대인은 셀 수 없
이 많은 사물을 소유하지만 사물과 교감하는 일에는 점점
무력해져 간다. 하지만 시인은 그 무력함에 반기를 든다. 아
무런 죄 없이 인간의 처분에 내맡겨진 사물들의 속 깊은 이
야기를 듣고, 그들의 침묵을 아름다운 언어로 번역해내는
세계의 영매가 된다. 시인은 침대 하나에서 "우리의 정신을
옮기는 네 다리의 상징물"을 보고, 오래된 타자기에서 "창작
의 산고를 겪은 동반자"의 얼굴을 본다.

침대는 안락에서 불안으로, 불안에서 안락으로 우리의 정신
을 옮기는 네 다리의 상징물이다. 어떤 사람은 거기서 식사를
하기도 하고, 어떤 사람은 사랑을 나누며, 어떤 사람은 잠을 자
기도 한다. 그러나 공통적으로 그들 모두는 안락과 불안 사이
를 오가는 이계의 짐승 등에 올라탄 듯한 멀미를 느낀다.

타자기는 컴퓨터에게 모든 영광을 내어주기 전까지 근대를
열었던 문호들의 책상에서 그들과 함께 창작의 산고를 겪은 동

반자였다. 헤밍웨이, 제임스 조이스, 조지 오웰의 사진을 떠올릴 때 그들의 배경 속에는 늘 타자기가 있다.

— 강정 외, 『시인의 사물들』, 한겨레출판, 2014, 각각 152쪽, 9쪽.

때로는 사물이 그것을 소유한 사람의 캐릭터를 더욱 명징하게 드러내기도 한다. 우리는 한 사람의 이름을 부르는 대신 그가 애용하는 물건의 이름을 따 별명을 만들기도 한다. 초등학교 시절 내 별명은 '수도꼭지'였다. 조금이라도 상처가 되는 말을 들으면 곧바로 수도꼭지에서 수돗물이 콸콸 흘러나오듯 자동적으로 펑펑 울어버리는 성격 탓이었다. 물론 지금은 그렇지 않다. 차라리 눈물을 흘리고 싶은 순간에도 좀처럼 눈물이 나오지 않는다. 메말라버린 내 수도꼭지는 슬픔을 표현하는 통로를 잃어버렸다. 가끔은 아무리 참으려 해도 콸콸 눈물이 쏟아지던 어린 시절이 그리워진다.

우리는 사물을 소유한다. 하지만 때로는 사물이 우리를 소유한다. 휴대전화가 바로 그렇다. 휴대전화를 들고 나오지 않거나 배터리가 떨어지거나 잘 터지지 않으면 우리는 별안간 심각한 불안감에 휩싸인다. 휴대전화는 목줄이 되어 우리의 자유를 감시하고, 노동의 채찍질이 되어 휴일에도 쉴 새 없이 업무를 보게 만든다. 인간은 사물을 소유하지만, 사물이 인간을 소유하는 것에 비하면 우리의 소유는 참으로 나약한 것인지도 모른다. 하우스 푸어가 되어 '집'이라 불리는 거대한 등짐을 진 채 빚을 갚으며 살아가는 현대인은 '집'이라는 사물에 포획돼버린다. 사물에 집착하고 의존하는 순간, 사물을 통해 우리의 정체성을 확인받으려 하는 순간, 우리는 사물 자체가 아니라 사물이 표현하는 환상적 가치의 그물에 포획당한다. 하지만 어떤 사물은 매우 행복하게, 매우 조화롭게 그 사물의 주인과 따스한 네트워크를 맺는다.

시인들의 사물에 얽힌 추억을 엿보며 나는 문득 아련한 향수에 빠져들었다. 어린 시절 나보다 더 나를 잘 알던 사물은 우리 집의 낡은 피아노였다. 친구에게 상처받았을 때도, 선생님이나 부모님께 야단맞았을 때도, 피아노는 사람보다 더 따뜻한 벗이 돼주었다. 피아니스트가 되기 위해 피아노를 친 건 아니었다. 그냥 피아노가 좋아서 쳤다. 어린 시절의 내가 지금보다 훨씬 훌륭한 점이 있다면 바로 그것이다. 어떤 일을 하기 위해서가 아니라, 외부에서 주어진 노동의 할

당량을 채우기 위해서가 아니라, 단지 그 일 자체에 흠뻑 빠져든 적이 지금보다 훨씬 많았다는 것. 지금보다 훨씬 서툴고 어리바리했지만 지금보다 훨씬 순수하게 '내가 좋아하는 것'에 대해서는 남의 눈치를 보지 않았다는 것이 현재의 내가 도저히 따라갈 수 없는 예전의 나다.

　아주 친한 사람들에게는 서툴지만 내 피아노 소리를 들려주기도 했다. 내 마음속에서 어린 시절과 어른이 된 이후의 시절을 구분해주는 경계선이 바로 피아노였던 것 같다. 누가 뭐라 하든 피아노를 열심히 치던 나, 감정의 해일이 밀려올 때마다 혼자 피아노 앞에 앉아 마음을 달래던 시절의 나는 아직 순수했던 것 같다. 내가 피아노를 연주하지 않게 된 것은 대학을 졸업한 이후였다. 늘 만나던 선후배들과 급작스럽게 멀어졌고, 친구들도 하루가 다르게 취직과 결혼과 유학과 이민으로 흩어져갔다. 무엇보다 나 자신이 누군가에게 음악을 들려줄 만한 여유, 나 자신의 마음을 음악으로 달랠 수 있는 소박한 마음가짐을 잃어버렸다. 항상 영혼의 허기를 느꼈고, 솔직하게 감정을 표현하는 방법을 점점 잊어버렸다. 글쓰기조차 음악을 대체할 수는 없었다. 아무리 편안한 에세이를 써도 최소한의 논리와 구조의 그물을 벗어날

길이 없었다. 하지만 음악은 논리도, 자기 검열도, 타인의 시선도 벗어난 그 자리에 있었다. 피아노가 없었다면 초·중·고교 시절은 물론 대학 시절까지 상처받기 쉬운 내 영혼이 어떻게 견뎠을까 싶을 정도로, 피아노는 내게 최고의 친구였다.

언제부턴가 나는 내 피아노를 그저 단순한 '마음의 울림'이 아닌 '평가의 대상'으로 삼게 됐다. 언제부턴가 나는 내가 피아노를 잘 못 친다는 생각 때문에, 나보다 잘 치는 사람이 훨씬 많다는 생각 때문에 피아노를 놓아버렸다. 누구와도 비교하지 않고 그저 피아노를 연주한다는 사실 자체에 더없이 만족하던 어린 시절로 돌아갈 수 없었던 것이다. 이제 나를 가장 잘 설명해주는 것은 컴퓨터, 휴대전화 같은 것이 돼버린 것은 아닐까. 만약 내가 이런 것들을 잃어버리면 내 정보를 있는 대로 긁어모아 통째로 온갖 적에게 떠넘겨주는 결과가 돼버릴지도 모른다. 나는 오늘 예쁜 수첩을 하나 샀다. 휴대전화란 차가운 기계 위에 내 영혼의 흔적을 집약해서는 안 된다는 생각이 들었기에. 나는 오늘도 온갖 사물에서 잃어버린 나 자신의 영혼을 찾고 있다. 그리고 언젠가는 사물에서 인간이 아닌 사물 자체의 열망과 한숨을 듣는 사람이 되고 싶다.

　찌톱에 케미라이트를 꽂아 불을 밝힌다. 파란 찌불은 수면에
별처럼 떠서 깜박거린다. 이제 머잖아 어신이 올 것이다. 아니,
어쩌면 밤새도록 한 번도 오지 않을지 모른다. 그러나 나는 이
쁜 애인을 보듯 찌를 본다. 어, 그런데 어쩐 일인가? 거기, 유체
이탈이래도 한 듯 내가, 당신이, 세상을 살아가는 온갖 것들이
서 있는 게 아닌가? 나날이 힘겨워지는 밥벌이며 보살펴야 할
가족이며 의무들을 추처럼 달고서는, 훨훨 어디 다른 곳으로
다른 것이 되어 날아가고 싶은 욕망을 팽팽히 견디면서는, 깊
디깊은 제각기의 삶 속에, 줄이 끊어지기 전까지는 결코 무너
질 수 없는 직립의 자세로.

　　— 강정 외, 앞의 책, 46쪽.

한 달쯤
살아보는
여행의
묘미

　패키지여행의 아쉬움은 '어디 어디에 간다'는 목적지는 중요하되 '그곳에 가서 무엇을 할 것인가'에 대한 성찰이 없다는 점이다. 마치 파리에 가면 에펠탑과 루브르 박물관만 가보면 만사형통이라는 듯, 유명한 장소만 그야말로 '찍고 돌아오는' 식의 여행 패턴은 여행의 진정한 즐거움 중 하나, '현지인처럼 살아보기'의 즐거움을 빼앗게 된다. 인증샷도 좋고 여러 나라를 도는 것도 좋지만, 조금 더 천천히 장소의 깊이를 느끼면서 여행을 다닌다면 더욱 좋겠다. 내게 처음으로 명소만 관광하는 번갯불에 콩 볶아 먹기 식의 여행이 아닌 '현지인처럼 살아보기'라는 여행의 즐거움을 가르쳐준 곳은 베를린이었다. 베를린에서 보낸 6주 동안 나는 그동안의 내 여행이 얼마나 속도 중심, 목적지 중심, 효율성 중심이었는지를 깨닫게 되었다.

나는 베를린 유학생이 방학을 맞아 한국에 돌아와 있는 동안 비워놓은 방에 들어갔다. 가구와 집기가 다 갖추어져 있고, 널따란 마당도 쓸 수 있고, 한국에서 이민 오신 주인아주머니가 빨래도 해주시는 정겨운 하숙집이었다. 6주 동안 60만원이라는 저렴한 주거 비용도 놀라웠다. 방이 꽤 컸고, 간단한 요리도 해 먹을 수 있었으며, 내가 좋아하는 다락방 구조였기 때문에 더욱 마음에 들었다. 나는 그날부터 그야말로 베를린의 구석구석을 돌아다니기 시작했다. 커다란 관광버스로 유명한 관광지만을 빽빽한 스케줄에 맞추어 바쁘게 다니는 단체 여행이 아니라, 지하철이나 버스를 타고, 때로는 하염없이 걸으며, 배고프면 눈에 띄는 식당에서 식사를 하고, 목마르면 노천카페에 앉아 느릿느릿 커피를 마시는, 그야말로 내 맘대로 나의 하루를 요모조모 조각할 수 있는 자유로운 여행. 게다가 베를린의 물가가 파리나 런던에 비하면 엄청나게 싸게 느껴져서 그야말로 웬만한 버킷 리스트는 다 '클리어'할 수 있는 행복한 여행이 가능해졌다.

내한 공연 당시에서는 너무 표가 비싸 망설였던 베를린 필하모닉 오케스트라의 공연도 부담 없이 볼 수 있었고, 아예 한 달짜리 '베를린 박물관 투어 티켓'을 끊어서 런던과 파

리와는 또 다른 특색을 지닌 훌륭한 컬렉션을 자랑하는 베
를린 곳곳의 박물관과 미술관을 부지런히 다닐 수 있었다.
예전에는 '이곳에 가고 싶긴 하지만 시간이 없어서 안 되겠
다'고 포기했던 수많은 장소들도 하염없이 오래오래 앉아
있을 수 있었다. 물어물어 브레히트의 묘지를 찾아가 한참
을 무덤 속의 브레히트와 도란도란 이야기를 나누기도 하
고, 그 곁에 헤겔의 묘지가 있다는 것을 우연히 알고 '꺅' 하
고 소리를 지르기도 했다. 히틀러의 회의 장소로 유명했던
반제Wannsee를 산책하며 다시는 반복되어서는 안 될 잔혹한
나치즘의 흔적을 오랫동안 바라보기도 했고, 페르가몬 박물
관 안에 있는 제우스의 대제단에서 '천 년 전의 지구'를 향해
시간 여행을 떠나온 듯 넋을 잃고 할 말도 잃은 채 몇 시간을
앉아 있기도 했다. 그 모든 시간들이 바삐 움직이는 단체 여
행에서는 미처 경험해보지 못한 느리고 한적한 여백의 묘미
를 느끼게 해주었다.

　마음에 드는 레스토랑을 발견하면, 그곳에 몇 번이고 다
시 가곤 했다. 6주 동안이긴 하지만 단골 식당도 생겼다. 그
곳에 머무는 동안, 그 식당 주인은 나를 알아봐주고 반갑게
인사해주었다. 딱 한 번 방문하고 '다음에 또다시 와야겠다'

라고 결심만 할 뿐 다시는 찾아가지 못했던 다른 식당들과
달리, 베를린의 몇몇 식당에서 나는 마치 현지인처럼 단골
집을 살뜰히 찾아다녔고 다른 때에 비하면 턱없이 긴 6주 동
안의 체류 기간도 '너무 짧다'는 생각이 들 정도로 베를린에
깊이 정이 들어버렸다. 짐이 한곳에 있으니 주말마다 다른
도시로 떠날 때도 가장 작은 배낭 하나만 달랑 들고 떠나면
충분했다. 베를린에서 가까운 드레스덴, 비엔나 등으로 잠
깐씩 나들이하듯 다녀오는 여행도 무거운 캐리어를 동반하
지 않았기에 더욱 몸 가볍게, 마음까지 가볍게 떠나올 수가
있었다. 그야말로 '여행 속의 또 다른 여행', 베이스캠프가 있
기에 더욱 안심이 되는 그런 여행이었다.

  베를린의 물가가 안정되어 있기 때문에 서울에서의 생
활비보다 오히려 한 달 생활비는 훨씬 적게 들었다. 베를린
사람들은 이사를 자주 하지 않는다고 한다. 10년 전의 월세
가 지금의 월세와 거의 비슷하기 때문에, 게다가 세입자에
게 주어지는 불이익 같은 것이 거의 없기 때문에 형편이 넉
넉한 사람들도 그냥 저렴한 월세를 내고 굳이 집을 사는 모
험을 감행하지 않는다고 한다. 부동산 투기 같은 것이 전혀
발달되어 있지 않기 때문에, 호텔업이나 대기업에 투자하는

거대 자본가들만 빼면 보통 사람들은 그냥 오래오래 한집에
서 사는 것을 선호한다. 우리나라도 이렇게 집값과 월세가
안정된다면 얼마나 좋을까 하는 부러움을 느끼는 대목이었
다. 게다가 맥주와 치즈 같은 것이 워낙 싸고 맛있어서 '독일
음식이 맛없다'는 편견도 베를린에 사는 동안에는 거의 없
어졌다.

6주 동안 한 도시에 체류하는 경험에는 비할 바가 아니지
만, 나는 런던이나 파리, 피렌체, 비엔나에도 다른 도시들보
다 훨씬 오래 머물렀다. 그야말로 볼 것, 들을 것, 가보고 싶
은 장소들이 너무나 많았기 때문이다. 런던의 월리스 컬렉
션, 파리의 귀스타브 모로 박물관, 피렌체의 산마르코 수도
원, 비엔나의 악기 박물관은 패키지여행에서는 절대 가지
않는 '작은 박물관의 은밀한 매력'을 마음껏 느낄 수 있는 장
소들이었다. 대영 박물관이나 우피치 미술관처럼 '그곳에
간다면 꼭 들러야 할 장소'도 매력적이지만, 그곳에 오래 머
물러야 비로소 여유를 내어 찾아갈 수 있는 작은 박물관들
은 더 오래, 더 잔잔하고도 아련한 여운으로 마음속에 남아,
여행의 추억이 희미해지는 순간마다 '아, 그 작품은 정말 아
름다웠지, 다시 갈 수 있다면 정말 좋겠다'라는 감동의 순간

들을 환기시켜준다.

제주에서의 한 달 살기도 잊을 수 없는 추억이다. 제주도에 그렇게 많이 갔으면서도, 한 달 사는 동안 천천히 바라보고 걸어본 그 모든 거리와 숲길들은 이틀 사흘씩 잠깐 머물다 오는 쪽잠 같은 여행에서는 비할 바 없는 깊은 감동을 느끼게 해주었다. 새별오름의 장엄한 갈대숲길, 세화해변의 고요하면서도 아늑한 바다 풍경, 곶자왈 곳곳의 곧게 뻗은 나무들은 삶이 힘겨울 때마다, 인간관계가 힘들어질 때마다, '마음속의 작은 안식처'가 되어 어두워지는 마음을 환히 밝혀준다.

잠시 잠깐 둘러보는 여행과 한 달쯤 살아보는 여행의 결정적인 차이는 내가 '다른 사람'이 된 것 같은 즐거움을 좀 더 오래, 좀 더 깊이 느껴볼 수 있다는 것이다. 익숙한 장소, 길들어버린 일상 속에서는 미처 발현하지 못하는 나 자신의 또 다른 모습을 발견할 수 있는 여행. 그런 삶의 여백을 느낄 수 있는 시간이 우리에게 좀 더 자주, 뜻밖의 선물처럼 반짝이는 축복으로 주어지기를.

마을의
온기가
감싸주는
것들

　층간 소음 때문에 살인까지 일어나는 각박한 시대에 오히
려 '마을의 온기'가 그리워지는 것은 왜일까. 어쩌면 그런 이
웃 간의 갈등이 '마을의 시대'에는 자연스럽게 해소되었기
때문은 아닐까. 어린 시절을 돌이켜보면, 우리 동네는 고만
고만한 집들이 어우러져 사는 구불구불한 골목길이었지만
인정이 흘러넘쳤다. 지금 우리 윗집에서 들리는 층간 소음
보다 훨씬 커다랗고, 다채로우며, 복잡다단한 소리가 들리
곤 했지만, 그때는 괜찮았다. 어떤 집에서 왜 들리는 소리인
지 다 알았기 때문이다. 우리는 다 구별할 수 있었다. 승연이
네 집에서 텔레비전 보며 웃고 떠드는 소리, 혜진이네 집에
서 요리하며 달그락거리는 소리, 골목길 어귀에서 우리 동
네 꼬마 애들이 딱지 치는 소리, '무궁화꽃이 피었습니다' 놀
이하는 소리, '얼음땡' 하는 소리. 그 모든 소리들은 '우리가

아는 집에서, 우리가 아는 사람에게서 나는 친근한 소리'였
기에, 데시벨은 지금의 층간 소음보다 훨씬 높았어도 그 모
든 소리를 있는 그대로 받아들일 수 있었다. 요컨대 '그 소리
의 주인'이 누구인지 안다면, 그에게 증오나 공포심을 품을
수가 없는 것이었다. 모두가 더없이 친근하고, 무슨 사정이
있는지 웬만하면 다 알던 시절에는, 이웃 간의 '소리'를 '소
음'으로 인식하지 않았던 것이다.

   그 친근함의 본질에는 '작은 공동체, 마을'이라는 존재가
있었다. 내가 살던 마을은 농촌도 산골도 아닌, 도시의 평범
한 골목길이었지만, '겉은 도시 사람'이어도 '마음속은 여전
히 시골 사람'인 동네 어르신들이 있었다. 엄마는 부침개나
떡을 만들면 꼭 이웃집에 나눠주시곤 했고, 나는 내가 원하
지 않아도 옆집 아주머니에게 부침개나 김치 겉절이를 갖다
드리러 접시를 들고 그 집 대문을 두드려야 했다. 그때는 귀
찮았지만, 지금 회상하면 그것이야말로 살아 있는 감성 교
육이었다는 생각이 든다. 지금도 그 이웃집 어른들을 이모
나 삼촌처럼 친근하게 대할 수 있는 것은 다 그때의 '마을 공
동체 문화' 덕분이었음을 이제야 이해하기 때문이다. 어머
니가 외출 중이셨을 때 아버지가 갑자기 쓰러지신 것을 맨

먼저 발견하여 응급처치를 도와주신 분은 이웃집 아주머니
셨고, 이웃집 아저씨가 추운 골목길에 쓰러지셨을 때 제일
먼저 발견한 분은 우리 어머니였다. 이렇게 이웃은 서로를
돕고 서로를 걱정해주며 나아가 '나는 이 마을에서 꼭 필요
한 사람이다'라는 소중한 진실을 깨닫게 해주는 가장 가까
운 타인이었다. 점점 자존감을 잃어가는 현대인들에게 '마
을 공동체의 힘'은 이렇듯 '내가 이곳에서 꼭 필요한 존재'라
는 믿음과 희망을 심어주는 것이기도 하다.

  마을 공동체의 힘은 이러한 심리적 효과에 그치는 것이
아니라 실질적으로 '더 나은 삶'을 가능하게 해준다. 예컨대
국가나 지구촌처럼 거대한 단위로서는 상상하기 힘든 것을,
마을 공동체의 단위로는 얼마든지 상상할 수가 있다. 데이
비드 J. 스미스의 『지구가 100명의 마을이라면』을 보면, 우
리가 사는 지구촌을 100명의 작은 마을로 축소하여 이해하
는 재미있는 사고방식이 눈길을 사로잡는다. "세계의 인구
는 약 72억 명입니다. (…) 이렇게 큰 숫자를 이해한다는 건
어려운 일이에요. 이제부터는 지구를 딱 100명이 사는 마을
로 상상해보아요."(5쪽.) 이 책에 따르면 지구마을에 사는 100
명 가운데, 30명의 사람들은 종종 굶주리고, 37명은 상하수

도 시설이 없는 곳에 살고 있으며, 14명은 글씨를 전혀 읽거나 쓰지 못한다. 가장 가난한 10명은 하루에 2,200원도 안 되는 돈을 벌며, 24명은 전기를 사용할 수 없다. 마을 전체에는 45대의 텔레비전과 28대의 컴퓨터가 있다. 이렇듯 '내가 지금 생활하는 환경' 속에서 우물 안 개구리로 살아가고 있는 현대인에게, '마을의 상상력'으로 지구촌을 은유하는 것은 오히려 '우리가 사는 세계'의 다양성을 더 구체적으로 이해하는 데 도움을 준다.

지금 농촌마을에는 학교가 사라지고 있어요. 학교가 사라지면 사람이 사라지게 되죠. 사람이 사라지면 마을이 사라지고, 결국 마을이 사라지면 도시도, 국가도 곧 사라지게 될 거예요. 사람들은 그런 단순한 이치를 왜 못 깨닫는 거죠.

— 정기석, 『마을전문가가 만난 24인의 마을주의자』,
 펄북스, 2016, 111쪽.

좀 더 큰 단위의 마을 공동체가 실질적으로 '주민의 행복'

을 최고조로 끌어올린 사례도 있다. 일본에서 행복도 1위, 초중생 학력 평가 1위, 대졸 취업률 1위를 달리고 있는 마을도 도쿄나 교토가 아닌 '후쿠이'라는 작은 지자체라고 한다. 후지요시 마사하루의 『이토록 멋진 마을』은 인구 79만 명의 작은 지자체 후쿠이현이 빚어낸 기적 같은 자력갱생 생존 모델을 보여준다. 후쿠이는 일본 사람들 사이에서도 생소한 작은 지자체였지만, 알고 보니 노동자 세대 실수입에서 도쿄를 여유 있게 제치며 1위를 유지하는 곳이자, 맞벌이 비율 1위, 정규직 사원 비율 1위, 인구 10만 명당 서점 숫자 1위이며 노인과 아동 빈곤율 및 실업률은 가장 낮은 마을이라고 한다. 후쿠이 사람들은 요새 무엇이 유행하는지, 인기 있는 직업은 무엇인지를 발 빠르게 검색하는 삶이 아니라, '내가 가장 잘할 수 있는 것'을 찾아 그것에 순수하게 매진하는 삶의 아름다움을 보여준다. 이뿐만 아니라 장애인이 가장 살기 좋은 고장이며, 여성 취업률과 보육원 수용률이 높다는 사실이야말로 후쿠이현의 뛰어난 성취라고 할 수 있다. 사회적 약자를 향한 배려가 그곳을 뒤떨어지게 하는 것이 아니라 오히려 더욱 '지속 가능한 발전의 모델'로 도약하는 데 커다란 역할을 한 것이다. 무엇보다도 저성장 시대가 심화되어가는 가운데 그 어떤 산업도 절대 강자가 될 수 없

는 상황에서 후쿠이현은 '교육의 힘'을 최고의 무기로 삼았
다. "아무것도 없으니까 머리를 써서 살아남아야 했다. 유
일한 무기는 교육이고, 학교는 생존을 위한 준비의 장이었
다."(266쪽.)

　우리나라에도 훌륭한 마을 공동체가 많이 있다. '귀농인
들의 로망'으로 불리는 충남 홍성의 홍동마을, 주민들의 높
은 참여율로 교육의 효과를 극대화시킨 공릉동 청소년센터,
마을 주민들의 미술 작품 참여 프로젝트로 여행자들의 로망
이 된 감천문화마을 등등. '마을의 힘'을 통해 개개인의 더 나
은 삶을 가능하게 해준 사례는 점점 늘어날 것이다. 무엇보
다도 이러한 마을 공동체의 힘을 가장 먼저 피부로 느끼는
주체는 바로 '아이들'이다. 공릉동 청소년센터가 성공적으로
교육 프로그램을 운영하자 초등학생 여자아이들이 찾아와
이렇게 말했다고 한다. "선생님 우리 마을에 왜 이렇게 좋은
일이 생기는 거예요? 예전에 우리 마을에 좋지 않은 일들이
많았어요. 계속 싸우고, 경찰 버스도 서 있고는 했어요. 하
여튼 청소년센터에 재미있는 일들이 많이 생겼으면 좋겠어
요!"(이승훈·공릉청소년문화정보센터, 『우리가 사는 마을』, 학교도서관저
널, 2016, 16쪽.)

'공릉동 꿈마을 공동체'에는 문제아가 없다. 부모님의 이혼, 임신과 출산, 가출, 진로에 대한 고민을 품고 있는 아이들을 이 사회에서는 전형적인 '문제아'로 취급하지만, 공릉동 꿈마을 공동체에서는 아이들이 먼저 청소년문화정보센터를 찾고, 그 아이들의 문제를 들어주고, 마을 어른들이 함께 나서서 그들의 문제를 풀어나간다. 청소년들은 '골칫덩이 문제아'가 아니라 '다 똑같은 우리 마을 아이들'이기에 '문제아'란 개념 자체가 성립할 수 없는 것이다. 우리 삶의 문제 또한 그렇지 않을까. '무엇이 문제라서 힘든 것'이 아니라, 문제를 해결하고 치유할 힘이 내 안에 없다고 느끼기 때문에 참으로 힘든 것이 아닌지. 마을 단위로 사유하고, 마을 단위로 실천하고, 마을 단위로 삶을 구성하는 것. 그것은 너무도 거대해서 '만질 수 없는 세상'을, 작고 친밀한 존재로 '만질 수 있고, 다듬을 수 있고, 고칠 수 있는 세상'으로 만드는 소중한 발걸음이 될 것이다. 세상을 바꿀 힘이 내 안에는 없는 것처럼 보이지만, 사실 '우리' 안에는 있다. 그 '더 커다란 우리'를 상상하는 마음이야말로 마을의 숨은 위력이다.

내
인생의
도서관

내 인생의 첫 번째 도서관은 어린 시절 우리 동네에 있었던 마포 구립 도서관이었다. 초·중·고교 시절, 집에 있는 책을 다 읽어 더 이상 읽을 책이 없을 때, 혼자 공부하기 싫어 친구와 함께 만나 공부하고 싶을 때, 나는 도서관에 가곤 했다. 도서관에는 책뿐만 아니라 신문과 잡지를 함께 읽을 수 있어서 더 넓은 세상에 대한 호기심이 한껏 자라나곤 했다. 지금처럼 어린이용, 청소년용 도서가 많지 않았기 때문에, 나는 초등학교 시절부터 그냥 어른들의 책, 어른들의 잡지를 읽는 것에 익숙해졌다. 그때 모르는 단어를 국어사전에서 찾아보거나 그 뜻을 상상해보면서 보낸 모색의 시간들이 지금까지도 내 삶에 영향을 미친다. 빌린 책 맨 뒷면에 있는 도서 대출 카드를 보며 '어떤 사람들이 이 책을 읽었을까' 상상해보는 시간 또한 재미있었다.

　내가 두 번째로 도서관과 친해지게 된 시기는 대학교 4학년 때였다. 앞으로 어떻게 살아야 할지 막막하던 시절, 인생에서 그만큼 외롭고 힘든 시기는 처음 겪어보았던 그 시절에, 나는 도서관과 친구가 되었다. 학생들이 열심히 취업이나 고시 준비를 하는 열람실이 아니라 모두들 이제 별다른 관심이 없어진 지 오래된 책들이 쌓여 있는 자료실에서 나는 홀로 시간을 보내곤 했다. 추석이나 일요일에도 도서관에 가서 혼자 앉아 있으면 모든 잡념이 천천히 가라앉았다. 대학원 입학시험 준비를 하면서 나는 도서관과 더욱 친해졌는데, 시험을 위해 달달 외워야 하는 책들이 다행히도 내가 좋아하는 문학 책들이라서 처음으로 '내가 하고 싶은 공부'로 시험 준비를 할 수 있었다.

　세 번째로 도서관과 친해지게 된 시기는 바로 대학원을 다니면서부터였다. 그때는 국회도서관을 참 좋아했다. 지금처럼 논문이나 문헌 데이터베이스가 광범위하게 구축되기 전이었기 때문에, 나는 좋은 논문이 있다 싶으면 먼저 읽어보고 중요한 부분은 직접 한 장 한 장 복사를 했다. 도서관에 있으면 온갖 잡념이 씻은 듯이 사라졌다. 미래에 대한 걱정도, 앞날에 대한 불안도 눈 녹은 듯 사라지곤 했다. 무엇을 위해 공부하는 것이 아니라 무언가를 공부하는 그 시간 자체를 순수하게 즐기는 법을, 나는 도서관에서 배웠다.

도서관에서 책을 읽고, 마음에 드는 책은 결국 서점에 가서 사게 되었다. 그냥 한 번 읽고 끝내기에는 너무도 아쉬웠기에 오래도록 간직해두고 싶은 책들을 고르는 법을 나는 도서관에서 배웠다. 내가 처음으로 책 한 권 분량의 긴 글을 써본 것은 석사 논문을 쓸 때였는데, 그때 내 막힌 생각의 물꼬를 터준 것도 바로 도서관이었다. 당시 나는 신채호, 박은식, 유원표의 글들을 모아 분석하고 있었는데, 유원표의 『몽견제갈량』이라는 작품을 제대로 분석해내기가 어려워 애를 먹고 있었다. 1908년에 나온 『몽견제갈량』을 복사본으로만 보다가 처음으로 원본을 찾아 읽게 되었다. 책을 오래도록 쓰다듬어보기도 하고, 한 장 한 장 넘겨보기고 하고, 인형처럼 꼭 안아보기도 했다. 급기야 오래된 책 냄새를 맡아보며 코를 킁킁거리는 내 모습을 보고 옆의 사람들이 키득키득 웃었다. 나는 그제야 내가 연구하는 대상의 살아 있는 물질성을 깨달았다. 책을 쓴 사람의 온기와 열정이 거의 100년의 시간을 가로질러 내게로 건너왔다. 책의 '물성'을 느낀다는 것은 참으로 소중한 체험이었다. 논문의 중간 부분부터

꽉 막혀 좀처럼 진행되지 않았는데, 그날 국회 도서관에 다녀오고 나서야 술술 풀리기 시작했다.

　이제 더 이상 학생이 아닌 나는 또 다른 세 가지 이유로 도서관을 더욱 좋아하게 되었다. 첫째, 강연 공간으로서 도서관이다. 작가가 된 뒤 여러 곳에서 인문학과 글쓰기에 대한 강의를 했는데, 그중에서도 가장 마음에 드는 공간이 바로 곳곳의 도서관이었다. 문화센터나 학교도 물론 좋지만, 도서관에서는 어떤 수업의 출석 때문이나 행사 참가 때문이 아니라 정말 '책을 사랑하는 사람들'을 가장 많이 만날 수 있었다. 도서관을 평소에도 자주 이용하는 분들이 강연에 오셔서도 열심히 들어주시고 질문도 해주시곤 했다. 전국의 여러 도서관에 강연을 하러 갈 때마다 느끼는 점은 평생교육의 장으로서 도서관의 역할이 시간이 지날수록 중요해진다는 점이다. 도서관에서는 아직도 눈이 해맑게 빛나는 할머니 할아버지들도, 엄마 손을 꼭 붙잡고 나온 아들딸들도 모두 내 강의를 열심히 들어주신다. 학교에서 배울 수 없는 것들, 학교를 졸업했지만 더욱 깊이 공부하고 싶은 것에 대해 이야기하고 함께 나누는 공간으로서 도서관의 역할이 점점 중요해지는 요즘이다.

둘째, 여행 공간으로서 도서관이다. 몇 년 전부터 나는 여
행을 할 때 꼭 그 지역의 도서관에 들러보기 시작했다. 아무
리 작은 도시라도 도서관이 있는 곳에서는 삶의 특별한 온
기가 느껴졌다. 특히 한겨울에 여행할 때는 도서관만 한 안
식처가 없었다. 여름에는 관광객으로 가득 찼던 거리 곳곳
이 겨울에는 썰렁해지게 되는데, 그때 박물관과 함께 내가
가장 많이 가는 곳이 도서관이었다. 대영 도서관, 리버풀 도
서관, 버밍엄 도서관, 맨체스터 도서관 모두가 내 마음에 오
래도록 기억에 남을 추억의 장소가 되어주었다. 도서관에서
책을 읽고 있으면, 그 낯선 도시들이 모두 친밀한 장소로 바
뀌는 느낌이 들었다.

셋째, 자유로운 몽상 공간으로서 도서관이다. 많은 분들
이 도서관을 너무 '효율적으로' 관리하고 사용하려 한다. 하
지만 책을 읽는다는 것의 의미는 반드시 무언가 특별한 존
재가 되기 위해서가 아니라, 지금과 다른 삶을 상상해보는
자유의 틈새를 찾아내는 것에 있지 않을까. 나는 도서관에
서 책을 읽는 동안, 타인의 시선에 시달리던 내가 비로소 진
정한 나로 되돌아가는 느낌을 받는다. 어떤 단기간의 목표
를 실현하기 위해서가 아니라, 나의 미래를 뛰어넘어 우리

의 미래를 생각해보는 시간, 나의 삶을 뛰어넘어 타인의 삶
을 상상하고 공감하는 시간을 가져본다. 바로 그런 자유로
운 상상의 틈새를 찾는 것이야말로 우리가 도서관을 새로운
꿈의 공간으로 일구어낼 수 있는 길이 아닐까.

겉과 속
다른
세상에 대한
걱정

　연일 국내외로 테러와 살인에 관련된 뉴스가 터지니 '평
화라는 것은 우리 머릿속에만 있는 이상이 아닐까' 하는 절
망감이 드는 요즘이다. 더구나 이것만은 안전해야 할 것 같
은 삶의 보루들이 더 이상 안전하지 않다는 생각이 들면, 평
화는커녕 기본적인 신뢰조차 불가능한 사회가 돼가는 것이
아닌지 걱정스럽다. 특히 우리의 식탁이 걱정이다. 지지난
해 우리나라에 수입된 식용 유전자 변형 식품GMO은 무려
214만 톤이었고, 아직 우리나라에서는 GMO 완전 표시제
가 실시되지 않고 있다. 식용유, 간장, 액상 과당 등 가공식
품에서 가장 많이 사용되는 재료들이 GMO 표시 대상에서
제외돼 우리는 입속으로 들어가는 음식의 원재료에 대한 알
권리를 100% 실현하지 못하고 있다.

이규리 시인의 「껍질째 먹는 사과」를 읽으니, GMO는 물론 신선한 과일조차 안심하고 먹을 수 없는 우리 식탁이 불안해진다. "껍질째 먹을 수 있다는데도 / 사과 한입 깨물 때 / 의심과 불안이 먼저 씹힌다"라니, 정말 사과 한 알 마음대로 베어 물 수 없는 세상이 안타깝다. 어디 사과만 그런가. 사람의 말이야말로 가장 무서운 독을 묻힌 화살이 되곤 한다. "주로 가까이서 그랬다 / 보이지도 않는 무엇이 묻었다는 건지 / 명랑한 말에도 자꾸 껍질이 생기고 / 솔직한 표정에도 독을 발라 읽곤 했다"니, 이제 타인의 솔직하고 명랑한 말투조차 믿지 못하게 된 우리의 의심이 농약보다 무서워진다. 우리는 언제부턴가 진심은 따로 있고 표현은 예의상 하는 것이라는 이분법적 세계관을 지니게 됐고, 아무리 좋은 말도 곧이곧대로 듣지 않게 됐다. 칭찬을 해줘도 '무슨 꿍꿍이가 있나' 싶고, 사과를 해도 '진심은 아니겠지'라고 생각한다.

'겉 다르고 속 다르다'는 말은 인간의 마음을 절반만 이해한 문장 같다. 이규리 시인의 시처럼 "중심이 밀고 나와 껍질이 되었다면 / 껍질이 사과를 완성한 셈인데" 그저 껍질만 벗겨버리고 속살만 야금야금 먹는다고 해서 불안이 치유될까. 껍질과 속살은 본래 하나였으니, 우리는 겉 다르고 속 다

른 존재들이 아니라 안과 겉을 자연스럽게 일치시키는 삶의
방식을 잃어버린 것이다. 자기를 잃는다는 것은 바로 그 겉
모습에만 신경 쓰느라 점점 비틀어지고, 문드러지고, 짓밟
혀가는 자신의 안쪽을 돌보지 못하는 비극이 아닐까.

　철학자 키르케고르는 이렇게 말한다. 세상의 모든 일 중
에서 가장 위험한 일, 즉 자아를 상실하는 일은 아주 은밀하
게 벌어진다고. 물건을 잃어버리거나, 기억을 잃어버리는
것은 알 수 있는 상실이다. 하지만 자기 자신을 잃어버리는
것은 아주 미세하고 점진적이며 거의 무의식적인 일이기에
자칫하면 겉모습에 정신이 팔려 우리 자신이 진정으로 원하
고 꿈꾸던 것을 몽땅 잊어버릴 수 있다. 의심과 불안에 지칠
수록, 우리는 좀 더 자신을 믿고, 타인을 믿고, 선의와 정의
의 소중함을 되새기는 연습을 해야 하지 않을까. 껍질째 먹
는 사과라고 분명히 씌어 있는 사과조차 기어이 껍질을 벗
겨 먹는 우리는, 이 불안 때문에, 이 의심 때문에 더 불행해
지는 것은 아닌지. 가끔은 마음을 놓아버리고 싶다. 타인의
진심조차도 몇 번이고 의심함으로써 더욱 불안해지는 이 마
음의 운전대를 놓아버리는 무장해제가 그리운 요즘이다.

정여울
인터뷰

열두 개의
방

잡스러운 것들을 한데 모으고 싶었다. 그래서, 잡지였다.
의도만큼이나 이름도 담백하다. '월간 정여울.' 모양도 빛깔
도 제각각인 재료들이 하나의 그릇에 담겼다. 어떤 고민은
파랗고 어떤 사유는 노랗고 어떤 감정은 붉다. 그런 다채로
움이 우리의 본성이라고 작가는 말한다. '콜록콜록' 아파하
고 '와르르' 무너지고 '와락' 끌어안으며 이어지는 삶, 그 속의
이야기를 일 년 동안 펼쳐낼 계획이다. 한 달에 한 번씩 찾아
와 정여울과 당신의 마음을 가만히 두드릴 이야기들이다.

**'월간 정여울'은 오래전부터 기획하고 준비한
책인 것 같아요.**

잡지를 만들고 싶다는 생각을 처음 한 건 10년쯤 전이었어요. '월간 정여울'은 잡지의 형식을 반 정도 빌려온 것이고, 수필집에 더 가까워요. 저는 '잡'이라는 글자를 정말 좋아하는데요. 잡스러운 것이 우리의 본성인 것 같아요. 한 사람의 마음속에는 다양한 욕망이 있잖아요. 책 속에 실은 것들도 어떤 글은 길고 어떤 글은 짧아요. 어떤 글은 에세이 같고 어떤 글은 칼럼 같죠. 인터뷰도 있고, 여행기도 있어요. 비슷한 느낌의 글들이 이루는 느슨한 어울림 속에서, 이질적으로 보이는 것들을 조화롭게 담아내고 싶었어요. 물성으로는 쉽게 가지고 다닐 수 있는 책을 만들려고 했고요. '월간 정여울'이 굉장히 가볍잖아요. 지하철이나 버스 같은 곳에서 읽기 좋죠. 또 책이 반드시 심각해야 할 필요는 없잖아요. 가벼운 형식일지라도 굉장히 깊은 이야기를 할 수 있는 책, 그런 책을 만들고 싶었어요.

단행본으로는 채워지지 않는 갈증이 있었을까요?

단행본은 조금 묵혀놓은 글들로 이루어져요. 정리하고 고치는 과정에서 시간이 필요하니까요. '월간 정여울'은 단행본으로 묶기 힘들거나 저의 소중한 부분을 간직한 글을 넣기도 하지만, 책 제작하기 3~4일 전에 쓴 글도 실어요. 요즘 내가 무슨 생각을 하는지 독자들과 소통하고 싶거든요. 시의성 있는 주제도 다루지만 시류에 영합하는 것은 아니에요. 지금 내가 고민하는 것, 함께 나누고 싶은 것을 넣어요. 그럴 수 있다는 게 긴장감 있고 좋아요. 지금 여기의 생각들을 담는 게 '월간 정여울'에서만 할 수 있는 글쓰기인 것 같아요.

수필은 나를 드러내는 글쓰기잖아요.
부담스럽지 않으세요?

5년 전만 해도 시도하지 못했을 것 같아요. 저를 보여주는데 부끄러움이 많았거든요. 그런데 저를 솔직하게 보여줄수록 독자들이 더 많이 공감하더라고요. 『그때 알았더라면 좋았을 것들』이 첫 에세이집인데 그때 새로운 독자도 많이 생겼고, 기존 독자와도 더 친밀해졌어요. '나랑 다른 사람인 줄 알았는데 알고 보니 닮은 점이 많구나'라고 생각하신 듯해요. 저도 마음이 편해지고 글을 쓰는 보람을 느꼈어요. 제가 앓고 있는 고통이나 고민이 평범하지 않고 구석진 것이라 생각했거든요. 그런데 저와 비슷한 분들이 많더라고요. 구체적 내용은 다르더라도 고민의 빛깔이나 향기가 비슷한 거죠. 어떤 문제를 정확하게 지적해서, 때로는 그것이 문제가 아니었다거나, 문제를 대면해야만 해결된다는 걸 보여주기도 해요. 그게 에세이의 힘인 것 같아요. 점점 더 많이, 더 깊게, 드러낼 수 있을 것 같고요. 그래서 매일 조금씩 자기 검열을 낮추려고 노력해요. '월간 정여울'에는 저의 '흑역사'에 관한 이야기가 많이 나오는데요. 그런 글을 쓸 때는 정말 힘들어요. 별것 아닌 듯해도 얽힌 사람들이 있어서 결국 나만의 이야기는 아니니까요. 그런데 막상 쓰고 나면 상처와 거리를 두면서 객관화되더라고요. 그때 잘못했던 것들이 좀더 잘 보이죠.

그런 과정을 통해서 치유가 이뤄지는 거군요.

네, 치유는 대면을 통해서만 가능해요. 우선 나 자신에게 툭 터놓고 이야기하는 거죠. 상처로부터 일단 도피하는 건 제일 안전한 방법이지만, 치료는 안 되더라고요. 상처는 계

속 남아 있죠. 요즘 미투 운동이 본격화되고 있잖아요. 그 이
야기를 듣는 순간, 제가 묻어놨던 상처도 되살아났어요. 어
렸을 때부터 지금까지 여성이기에 당했던 온갖 차별과 성
희롱 등이 떠오르면서 하나도 안 괜찮아졌다는 걸 알게 됐
죠. 잘못됐다는 것을 이야기해야겠다는 생각이 들었어요.
경험으로 느낀 건데, 저항하지 않으면 하나도 바뀌지 않아
요. '상황이 나아지겠지'라고 바랄 게 아니라, 상황이 나아지
도록 뭐라도 해야 해요. 저는 미투 운동을 남성도 했으면 좋
겠어요. 그리고 가해자들도 용서를 구하는 운동을 시작했으
면 좋겠어요. 용서를 구하지 않으면 평생 치유가 되지 않거
든요.

**성추행 피해를 폭로한 서지현 검사의 경우도
비슷했을 것 같아요.**

우리가 생각할 때 검사라고 하면 전문직 여성으로서 올라
갈 수 있는 최고 자리 중 하나잖아요. 그런데도 피해 사실을
말하지 못했고, 거기에서 우리가 더 충격을 받은 거예요. 우
리 사회가 아직까지도 '기울어진 운동장'이라는 걸 절감했

죠. 앞으로도 미투 운동은 계속돼야 하고, 좀 더 쉽고 좀 더 현실화 가능한 페미니즘 운동이 시작돼야 해요. 예전엔 너무 이론적이었거든요. 저는 더 친절하고 문턱을 낮춘 페미니즘이 필요하다고 생각해요. 남성들 중에도 자기가 혹시 잘못했을까 봐 항상 조심하는 착한 남성이 있어요. 우리와 연대할 수 있는 사람들인데, 그들을 밀어내서는 안 되겠죠. 자신이 잠재적 가해자라고 생각하는 남성이 있다면, 그러지 말고 '나도 페미니스트다'라고 생각하셨으면 좋겠어요. 페미니즘을 너무 대단하거나 어려운 것, 피곤한 것이라 여기지 말고요. 여성도 똑같은 사람이라는 것을 인정한다면 페미니스트가 될 수 있다고 생각해요.

작가의 경우에도 남성보다 여성이 더 많은 필터를 거치는 느낌이에요. '이런 글을 쓰면 내가 어떤 사람으로 비춰질까'를 고민하는 건 남녀가 똑같을 것 같은데요. 여성 작가는 '사람들이 나를 어떤 여자로 생각할까'까지 고민할 것 같아요.

여성 작가이기 때문에 받는 질문들이 있는 것 같아요. 예를 들면, 사람들이 저한테 자주 물어보는 세 가지가 있어요. 결혼했는지, 몇 살인지, 아이는 있는지. '내가 남성이라면 이런 질문을 했을까?' 그래서 예전에는 제가 인간으로서 더 자유로워지려면 여성임을 덜 의식해야 된다고 생각했어요. 그러다가 '왜 내가 여성인 걸 부정해야 되지? 그것도 굴레 아닌가?'라는 깨달음을 얻었어요. '여성임에 구애받지 않고 여성임을 즐겨야 하는 거 아닌가?' 처음에는 여성이 아닌 척 글을 써보기도 했는데요. 잘 안 되더라고요. 자신을 속이는 일이었어요. 그래서 지금은 여성인 걸 드러내고 써요. 힘들지만 여성으로서 자기 검열을 넘어서려 노력하는 중이고요. '월간 정여울'을 내는 이유 중 하나가 더 거리낌 없이 글을 쓰기 위해서이기도 해요.

**『똑똑』과 『콜록콜록』에는 각각 안진의 화가,
남경민 화가의 그림과 작품론이 담겼어요.**

『똑똑』 속 안진의 화가님에 대한 작가론은 해설이 아니라 그냥 제가 그림을 보는 방식과 느낌으로 썼어요. 힘들긴 했지만 그 시간이 굉장히 즐겁더라고요. 이런 글도 계속 써보고 싶다는 생각이 들었어요. 전문적인 미술 평론이 아니라, 미술을 사랑하는 평범한 감상자의 입장에서 쓰고 싶은 거죠. 『콜록콜록』의 표지는 고흐의 방을 살짝 엿보는 듯한 인상을 주는 남경민 화가님의 그림이에요. 고흐는 자신의 아픔을 담아 그림을 그렸는데 그게 최고의 아름다운 작품들이 됐잖아요. 『콜록콜록』 자체가 '고통과 아름다움은 결코 멀리 떨어져 있지 않다는 것, 고통이 아름다움으로 승화될 수 있다는 믿음'을 담은 책이에요. 당신이 앓는 고통은 혼자 겪는 것이 아니며, 우리가 그 고통을 함께 나누고 공감한다면 제3의 가능성이 될 수 있다는 것이죠. 예술 작품을 감상하고 창조하는 이유가 '고통을 통한 승화'인 것 같아요. 고통을 승화시켜서 새로운 무언가를 만들고자 하는 인간의 욕망은 굉장히 강하죠. 지금 고흐에 대한 책도 준비하고 있어요. '고흐로 가는 길'이 가제인데요. 『헤세로 가는 길』처럼 고흐에게 가는 길도 한번 걸어보고 싶어요.

매호마다 화가의 그림이 실리나요?

잡지는 광고가 대부분을 차지하잖아요. 더 욕망하도록

자꾸 부추기죠. 그렇게 우리를 피곤하게 하는 이미지가 아
니라, 우리를 쉬게 하고 사유하게 만들고 영감을 자극하는
그림을 싣고 싶었어요. 책을 좋아하는 분들에게는 그림을
감상할 수 있는 장을 만들어드리고, 화가 분들에게는 훨씬
더 넓은 필드에서 대중과 만날 기회를 마련해드리고 싶었
고요. 전시장에 걸린 그림은 그곳을 찾아가는 관람객만 볼
수 있잖아요. 책으로 나오면 훨씬 더 많은 사람이 접할 수
있죠. '월간 정여울'에서는 그림과 글이 콜라주나 듀엣처럼
합쳐져 있잖아요. 그러면서 계속 시너지를 만들어내는 듯해
요. 책을 통해 독자들은 그림과 익숙해질 테고, 저도 그림을
보며 영감을 얻어요. 내가 어떤 느낌을 갖고 감상하느냐에
따라 볼 때마다 다르게 다가오기도 하죠. 예술의 입김, 글쓰
기의 따뜻함이 일상에 활력이 되고 새롭고 창조적인 사유
를 할 수 있도록 영감을 불어넣었으면 좋겠다는 바람이 있
어요.

'월간 정여울' 이전에 출간하신 책이
『늘 괜찮다 말하는 당신에게』였어요.
처음 봤을 때 이런 생각이 들더라고요.

'맞아, 사실 난 괜찮지 않은데⋯⋯.'
하지만 현실에서는 그런 말을 하기가 쉽지 않아요.
은근히 용기를 내야 하는 일이거든요.

맞아요. 그런데 막상 해보면 쾌감이 더 커요. 저도 예전에는 그런 말을 잘 꺼내지 못했어요. 그런데 마흔이 되면서 '이렇게 살면 안 되겠다, 하고 싶은 말을 그때그때 하지 않으면 영원히 못할 수도 있겠구나'라는 생각이 들었어요. 용기를 내 할 말을 했을 때, 더 좋은 결과를 얻은 적도 있고요. 그런 일을 몇 번 겪고 나니 용기가 샘솟더라고요. 나중에는 '말하면 더 좋아질 거야'라는 믿음이 생겼어요. 만약에 그렇게 해서 관계가 안 좋아진다면, 그 관계는 끝내는 게 더 좋은 거예요. 그 사람과는 안 만나는 게 더 낫죠. 내가 무언가를 용기 있게 이야기했을 때 받아들이는 사람이라면 계속 관계를 유지해나갈 수 있고요. 그러니 처음에 마음을 불편하게 하거나, 불합리한 상황을 맞닥뜨렸다면 말하는 게 좋아요.

누구에게나 깊은 상처, 지우고 싶은 기억이 있다고
생각하는데요. 이런 이야기를 하면 거부감을 드러내는

**사람들도 있어요. '나는 그런 거 없는데?' 하면서,
자기가 그런 사람으로 보이는 걸 경계하는 거죠.**

'나는 트라우마가 없다'라고 생각하는 사람이 많아요. 트
라우마를 가졌다면 뭔가 문제가 있는 사람이라고 간주하는
거죠. 그런데 트라우마는 인간의 본성이에요. 우리는 우울
한 게 오히려 정상인 사회에 살고 있잖아요. 요즘 세상에 마
냥 행복하다면 방어기제가 너무 강한 것일 수 있어요. 감정
을 드러내지 못하게 만드는 환경 속에 살아서 그럴 수도 있
고요. 감정을 억제하도록 만드는 건 가장 원초적인 폭력이
에요. 감정을 표현하도록 만드는 게 좋은 교육이죠. 그리고
저는 감정을 더 멋지고 재밌고 긍정적으로 표현하도록 만드
는 것이 글쓰기의 힘이라고 생각해요.

**'월간 정여울'이 선생님에게 개인적으로 미친
영향이 있을까요?**

예전에는 글을 써놓고도 잊어버리거나 어디에 뒀는지 모
르고 한참 찾을 때가 많았어요. 그런데 지금은 글을 쓰면서

'이건 월간 정여울 열두 권 중 어디에 넣을까?'를 고민해요. 마음속에 열두 개의 방이 딸린 거대한 저택이 생긴 거예요. 부자가 된 느낌이에요.(웃음) 방에 어울리는 가구를 배치하듯이 '이 글은 어느 방에 어울릴까'를 생각하며 써요. 그런데 그 집은 저 혼자만 사는 곳이 아니라 누구든지 와서 머무를 수 있는 곳이에요. 누구에게나 문이 활짝 열린 집이요.

마지막으로 '월간 정여울'의 독자들에게 전하고 싶은 이야기가 있다면요?

『똑똑』에도 썼지만 『리스본행 야간열차』에 나오는 문장을 좋아해요. '우리가 우리 안의 수많은 가능성 중 지극히 일부만을 실현할 수 있다면, 나머지는 어디로 가버리는 것일까.' 어쩌면 경험해보지 못한 그 나머지가 더 결정적일 수 있거든요. 우리는 실현 가능한 것들만 하기 때문에, 실현 불가능하다고 생각되는 것들은 아예 묻어놓거나 계속 미루잖아요. 저도 잡지를 만들고 싶다고 생각했지만, 어쩌면 평생 하지 못할지도 모른다고 생각했어요. 그런데 마흔이 갓 넘은 지금 할 수 있게 됐거든요. 간절히 원했고, 항상 글을 썼고,

좋은 출판사와 인연을 맺었고, 그 인연을 잃지 않으려 서로 노력했기 때문에 가능했던 것 같아요. 마음속에서 포기하지 않았기 때문에 이루어진 것 같기도 하고요. 여러분에게 '월간 정여울'이 그런 계기가 됐으면 좋겠어요. 안 될 것 같은 일들, 시도조차 해보지 못했던 것들을 시도하는 계기요. 제가 여러분의 마음을 '똑똑' 두드리는 게 아니라, 여러분이 자신의 마음을 두드리는 거라고 생각하셨으면 좋겠어요. 그렇게 해서 닫힌 마음의 빗장을 열고, 마음속 깊은 옷장에서 뛰쳐나와 자기 이야기를 할 수 있었으면. 인생을 가능성으로만 남겨두지 않기 위해서, 지금부터 원하는 삶을 살기 위해서, 오늘부터 실현하셨으면 좋겠습니다.

인터뷰 진행│임나리, 예스24의 문화웹진 「채널예스」에서 취재를 하고 기사를 씁니다.

인류를
사로잡은
무인도와
외딴집의
상상력

만약 무인도에 버려진다면, 우리는 얼마나 생존해낼 수 있을까. 만약 아무도 찾아오지 않는 외딴집에 살아야 한다면, 우리는 어떻게 그 고독을 견딜 수 있을까. 문득 우리가 몸담고 있는 공동체에서 참을 수 없는 권태를 느끼거나, 삶이 너무도 팍팍하게 느껴질 때면 저마다 한 번씩 '무인도'와 '외딴집'에 대한 상상력을 발휘하곤 한다. 무인도에 버려져서도 우리는 다른 동물이 아닌 '인간'으로 살아갈 수 있을까. 외딴집에 홀로 살며 오직 자연만을 벗하고 산다면, 우리는 여전히 한 사람의 '개인'일 수 있을까.

내가 만약
'아담'이라면?

어떻게 신께서는 스스로 만드신 존재를 이렇게 완전히 파멸
시켜 불행하게 만들고, 아무런 도움도 받지 못하고 홀로 남게
함으로써 철저히 버리실 수가 있는가? 이런 삶에 감사를 드리
는 건 말도 되지 않았다.

— 대니얼 디포, 남명성 옮김, 『로빈슨 크루소』,

펭귄클래식코리아, 2008, 122쪽.

나는 혼자만의 해와 달과 별들을 가지고 있으며 혼자만의 작
은 세상을 가지고 있는 셈이다. 밤에는 길손이 내 집 옆을 지나
거나 문을 두드리는 적이 한 번도 없었는데, 마치 내가 이 세상
최초의 인간이거나 마지막 인간이기라도 한 것 같았다.

— 헨리 데이비드 소로, 강승영 옮김, 『월든』,

은행나무, 2011, 198쪽.

만약 우리가 저마다 최초의 인간
'아담'이 될 수 있다면, 우리는 과연 어떤 세상을 만들 수 있
을까. 우리 중 누가 최초의 인간이었다 하더라도 인류의 삶

인류를
사로잡은
무인도와
외딴집의
상상력
185

은 이러한 모습으로 진화해왔을까. 최초의 근대인을 그려낸 대니얼 디포(1660~1731)의 『로빈슨 크루소』(1719), 그리고 톨스토이와 간디에게도 큰 영향을 미친 헨리 데이비드 소로(1817~1862)의 『월든』(1854)은 이러한 원초적 질문에 대해 경이로운 해답을 제시해주는 작품들이다.

대니얼 디포는 유럽 전역을 여행하며 각종 사업을 벌이던 상인이자 작가이자 비밀 첩보원으로도 활약한 다채로운 이력의 소유자다. 그는 자신의 신분을 숨긴 채 다른 사람인 척 행동하기를 좋아했고, 정치·지리·범죄·종교·경제·결혼·심리학은 물론 미신까지 글쓰기의 소재로 삼은 전방위적 문필가였다. 그는 4년 동안 외딴섬에 버려졌다 살아남은 선원 알렉산더 셀커크(1676~1721)의 실제 이야기를 모델로 한 것으로 보이지만, 셀커크의 체험담과는 전혀 다른 각도에서 로빈슨 크루소의 모험담을 창조해낸다. 셀커크는 무인도에서의 삶이 아름답고 낭만적이었다고 회상했고, 오히려 다시 세상 속으로 돌아오는 것이 싫었다고 한다. 아무 걱정 없는 삶, 미래에 대한 어떤 불안도 없는 '자연인'의 삶에서 다시 노동과 화폐와 인맥에 휘둘리는 '사회인'으로 돌아오는 것이 싫었던 것일까.

하지만 로빈슨 크루소는 낭만과는 전혀 거리가 먼 사람이다. 그는 상황을 이성적으로 분석하고, 곤경을 불굴의 의지로 헤쳐 나아가며, 신의 섭리를 반쯤은 믿는 척하면서도 실은 인간세계의 우연을 더욱 신뢰하는, 전형적인 근대적 남성상을 보여준다. 모험을 꿈꾸던 철부지 청년 로빈슨 크루소는 무인도에서 28년을 보내면서 경험한 엄청난 극기 훈련을 통해 노련하고 용의주도한 근대적 CEO형 인간으로 거듭난 것이다. 말하자면 로빈슨 크루소는 무인도의 극한 체험을 통해 이전보다 훨씬 영리해졌고, 유능해졌으며, 성공 신화의 주인공에 어울리는 '근대인'이 된 것이다.

『로빈슨 크루소』가 영국의 산업혁명 직후에 탄생한 최초의 근대인을 형상화하고 있다면, 『월든』엔 초기 자본주의가 성공적으로 정착한 미국 사회의 시스템에 염증을 느낀 한 지식인의 희미한 저항의 목소리가 담겨 있다. 무인도 불시착이 전적으로 로빈슨 크루소가 전혀 원치 않았던 '재난'에서 비롯된 것이라면, 월든 호수 근처에서 혼자 오두막집을 짓고 살았던 소로는 순전히 자신의 '의지'로 고립을 택한 것이었다. 『로빈슨 크루소』가 평범한 뱃사람이던 한 남자의 입지전적 성공 신화를 그려낸다면, 『월든』은 세상을 버림으

로써 오히려 인생의 정수를 체험하는 한 인간의 내밀한 고
백을 담아낸다.

최초의 근대인
로빈슨 크루소

로빈슨 크루소는 주어진 운명이나
태생적 한계를 극복하고 '자신의 의지'로 세상을 바꾸는 모
험 정신의 상징이 됐다.『로빈슨 크루소』에서 예나 지금이
나 흥미로운 장면은 인간이 자연 속에 완전히 고립됐을 때
홀로 살아남기 위해 고안해낸 '생존의 기술'을 묘사한 대목
이다. 대니얼 디포는 인간의 보편적인 두려움, 즉 완벽한 고
립에 대한 두려움에 호소함으로써 '고독'을 최고의 문화 상
품으로 만들어낸다. 로빈슨 크루소의 실제 모델이던 셀커크
의 무인도 체류 기간이 4년인 것에 비해 소설 속 로빈슨 크
루소의 무인도 체류 기간이 무려 28년으로 늘어난 것은 이
작품의 성공을 가능케 한 결정적인 동력이었다. 즉 사회로
부터 완벽히 고립된 한 인간의 고독을 극한까지 몰아붙임으
로써 작가는 '고독'이야말로 진정한 '개인'을 만들어내는 최

고의 연료임을 증명했던 것이다. 고독이야말로 로빈슨을 키우고, 로빈슨을 강하게 만들고, 로빈슨을 성숙한 개인으로 완성시켜준 결정적 동력이었다.

『로빈슨 크루소』의 영향을 강하게 받았던 장 자크 루소는 『에밀』을 통해 한 소년의 진정한 성장을 위해 필요한 최고의 환경이 바로 '고독'임을 입증하려 하기도 했다. 루소는 인간이 타락하는 원인을 남의 눈에 비친 자신의 모습에 대한 애착이라고 봤기 때문에, 타인의 시선을 완벽히 차단한 순수한 자연 속에서 에밀이 영혼의 스파르타 훈련을 치러내기를 원했던 것이다. 작품 속의 로빈슨 크루소도 셀커크와는 달리 '고독'을 낭만적으로 이상화하지 않고, 고독 그 자체를 통해 자신의 신체와 정신을 단련하려 한다.

로빈슨 크루소는 기나긴 고독 끝에 식인종의 포로 프라이데이를 구출해 충실한 하인으로 만들고, 선상 반란이 일어난 영국 함선의 선장을 구출해 마침내 고국으로 돌아오게 된다. 그 과정에서 그는 타인과 구별되는 '자신의 정체성'과 '자신의 우월성'을 인식하기 시작한다. 그는 '프라이데이'라는 이름을 붙임으로써 원주민 남성을 식민지의 노예처럼

착취하는 데 성공했으며, 식인종보다 훨씬 우월한 자신, 선
상 반란을 일으킨 선원들보다 더욱 뛰어난 자신의 정체성을
'발견'해낸다. 그는 더는 철부지 선원이 아니었으며, '28년 동
안 무인도에서 살아남았다면 세상에 못할 것이 없다'는 자
신감으로 충만한 성숙한 개인이 된 것이다. 그리고 이 섬 전
체를 지배하는 제왕으로 군림하게 된다. 『로빈슨 크루소』는
단지 무인도에 고립된 고독한 개인의 서바이벌 게임이 아니
라 한낱 평범한 뱃사람이 일약 한 부족의 왕이 되기까지 우
여곡절 가득한 '성공 신화'의 내러티브를 담고 있다.

내 섬에 사람이 늘어났고 스스로 보기에도 날 따르는 신민이
너무 많았다. 가끔 가만히 생각해보면 내가 꽤 왕처럼 보인다
는 생각에 즐겁기도 했다. 무엇보다 섬 전체가 내 소유였으니
통치권은 당연히 내가 갖고 있었다. 두 번째, 온 국민은 내게 완
전히 복종했다. 나는 절대적인 군주이자 법률을 세우는 이였다.
그들은 모두 내가 목숨을 구해준 사람들이었고 혹시 기회가 있
다면 언제든 날 위해 목숨을 버릴 준비가 되어 있었다.

— **대니얼 디포, 앞의 책, 345쪽.**

로빈슨 크루소가 세상 속으로 들어오면서 가장 먼저 한 일은 '돈'을 챙기는 것이었다. 섬에서 혼자 살 때는 아무 쓸모도 없던, 그래서 가장 먼저 '돈으로는 아무것도 할 수 없음'을 뼛속 깊이 깨닫는 것이 섬 생활 적응 수칙 1호였는데 말이다. 이제 그는 자신의 돈을 어떻게 관리하고 축적하고 투자할까를 걱정하는 진정한 '부르주아'가 된 것이다.

우리 안의 잃어버린 자유를 찾아서

로빈슨 크루소에게 무인도가 마치 '야생의 감옥'처럼 무시무시한 서바이벌 게임을 필요로 하는 전쟁터였던 반면, 소로의 월든 호수는 스스로 선택한 고립에 의해 마침내 자연 속에 귀의함으로써 존재를 '해방'시키는 축제의 공간이었다. 로빈슨 크루소는 무인도에서 탈출하는 데 성공하지만, 섬에 있을 때보다 오히려 자유를 잃어버린 신세가 된다. 새롭게 일군 사유재산을 지켜내느라, 그는 누구도 쉽게 믿을 수 없는 불안한 신세가 되어버렸던 것이다. 과연 이러한 '소유'가 인간을 자유롭게 해줄 수 있을까.

그런 의미에서『월든』은 인류가 이룩해낸 찬란한 물질문명
의 풍요에 걸맞지 않은 정신문명의 심각한 결핍에 대한 날
카로운 보고서이기도 하다. 인류는 그 어느 때보다도 부유
해졌는데, 왜 그만큼 현명하고 지혜로워지지는 못했을까.

　『월든』은 오해하기 쉬운 텍스트이기도 하다. 세상에 대
한 혐오나 자기애적 퇴행, 모든 것을 버리고 자연으로 돌아
가라는 일방적인 자연 예찬의 텍스트로 잘못 이해하기 쉬
운 것이다. 하지만 문장 하나하나를 마음 깊이 새기며 읽는
다면 이런 오해는 쉽게 떨쳐낼 수 있다. 한 사람의 '국민'이나
'시민'이기 이전에 한 사람의 '인간'으로서 사는 법을 고민했
던 소로. 그의 고민이 담겨 있는『시민 불복종』과『월든』을
함께 읽는다면, 하버드 대학을 졸업한 전도유망한 엘리트이
던 소로가 어째서 '은둔'이라는 극단적 선택을 했는지를 좀
더 입체적으로 이해할 수 있다. 소로는 우리가 한 사람의 인
간으로서 태어나고 주민등록증과 같은 신분의 구속에 제한
받는 순간, 일종의 원초적 불평등의 상황에 처한다는 것을
간파한다. 우리가 '사회인'이 되어갈수록, '자연스럽게 나 자
신의 욕망에 따라 살 수 있는 권리'는 박탈당할 수밖에 없는
것이다.

자기 안의 천재성이
외치는 소리

그렇다면 우리는 도대체 하루 24시간을 어떻게 보내야 할까. 어떻게 살아야 우리 존재를 해방시키는 기술을 연마할 수 있을까. 소로는 말한다. 하루의 본질에 영향을 미치는 것, 그것이야말로 최고의 예술이라고. 소로는 자연 속에 파묻히자 비로소 한 번도 제대로 발휘되지 못한, '자기 안의 천재성'이 외치는 소리를 들었다. 그렇게 그는 우리 안에 잠자고 있던 억압된 자연의 목소리를 들려준다.

낚시와 사냥을 가라. 날마다 멀리, 더 멀리, 또 더 멀리. 그리고 시냇가이든 난롯가이든 두려워하지 말고 쉬어라. (…) 새벽이 되기 전에 근심에서 깨어나서 모험을 찾아 떠나라. (…) 밤이면 뭇 장소를 그대의 집으로 삼아라. 이곳보다 넓은 평야는 없으며, 여기서 하는 놀이보다 더 가치 있는 것은 없다. 그대의 천성에 따라 야성적으로 자라라. (…) 천둥이 울리면 울리도록 내버려두라. (…) 사람들이 수레와 헛간으로 피할 때 그대는 구름 밑

으로 대피하라. 밥벌이를 그대의 직업으로 삼지 말고 도락으로
삼으라. 대지를 즐기되 소유하려 들지 마라.

— 헨리 데이비드 소로, 앞의 책, 312쪽.

　왜 우리는 각종 저축과 보험, 주식 투자에까지 열정을 쏟
아부으며 '퓨처 인베스트먼트'엔 그토록 신경을 쓰면서, 현
재를 위해서는 좀처럼 투자하지 못하고 여전히 '외부의 명
령'이나 '주변의 시선'을 향한 노예로 살아가는가. 우리 안에
이미 존재하고 있었지만 미처 알아보지 못하던 우리 자신의
예술, 자연과 대화하고 나 자신과 대화하는 기적을 실험하
는 시간. 『월든』은 단지 자연 속에 온몸을 던지기만 하면 된
다고(이제 그런 일이 얼마나 어려워졌는가!), '주변의 시선'이나 '사
회의 제도'가 아니라 우리를 둘러싼 자연의 목소리에 귀를
기울이기만 한다면 오랫동안 겨울잠을 자고 있던 우리 안의
천재성을 깨워낼 수 있다고 속삭인다.

　자연의 품에 기꺼이 안기기를 원하는 소로와는 달리, 로
빈슨 크루소는 자연을 소유하고 정복하고 지배하려 한다.

크루소는 무인도 체류 이후 과거보다 훨씬 커다란 '시민권'을 얻게 되지만, 소로는 은둔 생활 이후 '시민권'이 필요한 시스템의 중력장 자체에서 해방되고자 한다. 크루소가 '잘 소유하는 법'을 연구한다면 소로는 '잘 잃어버리는 법'을, 그리하여 '잘 사라지는 법'을 연구한다. 크루소는 무인도에서 28년 동안 익힌 생존의 기술을 통해 엄청난 부자가 되어 '사회'로 복귀했다. 그는 고독을 통해 사회의 '승자'가 되는 법을 배웠고, 소로는 고독을 통해 비로소 '자연'이라 불리는 타자들과 만나고 소통하는 법을 배웠다.

오늘날 무한 미디어 사회에서 저마다 시끌벅적한 1인 미디어를 경영하고 있는 현대인들은 어떤 빛깔의 고독을 통해 어떤 생존의 기술을 습득해야 할까.

내가 숲속으로 들어간 것은 인생을 의도적으로 살아보기 위해서였으며, 인생의 본질적인 사실들만을 직면해보려는 것이었으며, 인생이 가르치는 바를 내가 배울 수 있는지 알아보고자 했던 것이며, 그리하여 마침내 죽음을 맞이했을 때 내가 헛된 삶을 살았구나 하고 깨닫는 일이 없도록 하기 위해서였다.

나는 삶이 아닌 것은 살지 않으려고 했으니, 삶은 그처럼 소중
한 것이다. 그리고 정말 불가피하게 되지 않는 한 체념의 철학
을 따르기를 원치 않았다. 나는 생을 깊게 살기를, 인생의 모든
골수를 빼먹기를 원했으며, 강인하고 엄격하게 살아, 삶이 아닌
것은 모두 때려 엎기를 원했다. 수풀을 폭 넓게 잘라내고 잡초
들을 베어내어 인생을 구석으로 몰고 간 다음에, 그것을 가장
기본적인 요소로 압축시켜서 그 결과 인생이 비천한 것으로 드
러나면 그 비천성의 적나라한 전부를 확인하여 있는 그대로 세
상에 알리며, 만약 인생이 숭고한 것이라면 그 숭고성을 스스
로 체험하여 다음번의 여행 때 그에 대한 참다운 보고를 하고
싶었던 것이다.

— **헨리 데이비드 소로, 앞의 책, 138~139쪽.**

5월의 화가

에두아르
뷔야르

에두아르 뷔야르

Édouard Vuillard

1868년 프랑스 퀴소에서 태어나
열 살 무렵 파리로 이주하였다. 1886년부터 아카데미 쥘리
앙에서 그림을 공부하였으며 이후 에콜 데 보자르에 합격
하였다. 피에르 보나르, 폴 세뤼시에, 펠릭스 발로통과 교류
하면서 나비파에 합류하게 된다. 양재사였던 어머니와 줄
곧 함께 살았으며, 이 영향으로 바느질하는 모습을 비롯하
여 벽지나 직물의 무늬 하나하나까지 섬세하게 묘사한 그림
들을 그려내었다. 또한 주로 실내 정경과 공원, 가족과 친구
등을 제재 삼아 일상적이고도 평온한 모습들을 화폭에 담았
다. 1940년 세상을 떠났다.

달그락달그락
하루를 요모조모 마음껏 요리하는 법

지은이   정여울

2018년 5월 15일 초판 1쇄 발행
2018년 6월 15일 초판 2쇄 발행

책임편집   홍보람
기획 · 편집   선완규 · 안혜련 · 홍보람
기획위원   이승원
디자인   형태와내용사이
타이포그래피   심우진 one@simwujin.com

펴낸이   선완규
펴낸곳   천년의상상
등록   2012년 2월 14일 제2012-000291호
주소   (03983) 서울시 마포구 동교로45길 26 101호
전화   (02) 739-9377
팩스   (02) 739-9379
이메일   imagine1000@naver.com
블로그   blog.naver.com/imagine1000

ⓒ 정여울, 2018

ISBN   979-11-85811-48-2 03810

잘못된 책은 구입처에서 바꾸어드립니다.
이 도서의 국립중앙도서관 출판예정도서목록(CIP)은 서지정보유통지원시스템 홈페이지(http://seoji.nl.go.kr)와 국가자료공동목록시스템(http://www.nl.go.kr/kolisnet)에서 이용하실 수 있습니다. (CIP제어번호 : CIP2018013360)